Bora Ćosić

Im Ministerium für Mamas Angelegenheiten

Geschichten über alle möglichen Gewerbe

FolioVerlag
Wien | Bozen

Bora Ćosić

Im Ministerium für Mamas Angelegenheiten

Geschichten über alle möglichen Gewerbe

Aus dem Serbischen
von Katharina Wolf-Grießhaber

Transfer CVI

Die Texte „Das Druckgewerbe“, „Die Eisenbahner“, „Im Ministerium für Mamas Angelegenheiten“ und „Das Passantengewerbe“ sind im Februar 2009 in Berlin entstanden und sind Erstveröffentlichungen.

Das Foto auf dem Schutzumschlag stammt von Hilke Steevens.

Graphische Gestaltung: Dall'O & Freunde
Druckvorbereitung: Graphic Line, Bozen
Printed in Austria

ISBN 978-3-85256-556-9

www.folioverlag.com

Fußball bei Kriegsende

In dem Buch „Die tausend Tore des Moša Marjanović", meinem Lieblingsbuch, wird die Geschichte unserer Niederlage gegen Uruguay erzählt, die durch einen Polizisten herbeigeführt wurde, der gegen die Regeln aufs Spielfeld gerannt war. Das alles ist auf ein paar Fotos zu sehen. Mama ärgerte sich: „Der Sport schafft doch bloß erbitterten Haß zwischen zwei normalen Menschen, bis zur Vernichtung!" Onkel fragte: „Wie soll man dann wissen, wer besser ist!" Sie antwortete ihm: „Gar nicht!"

Der größte Klub aller Zeiten hieß BSK, die besten Spieler waren Piola und Meaca, von den Torwarten war es Planička. Papa schimpfte mit Mama: „Warum läßt du das Kind denn nicht an der frischen Luft kicken!" Mama sagte: „Damit sie ihm ein Bein brechen!" Die Tanten fragten: „Reicht ihm denn der Radioapparat der Marke *Mende* nicht, der all die Spiele mit einem unerträglichen Geschrei überträgt!" Onkel erklärte: „Herr Radivoje Marković, den ich persönlich kenne, muß brüllen wie ein Reporter, damit er all die Lumpen überschreien kann!" Bei uns im Haus war Mama ein Fan von Zarah Leander, die Tanten von Roland Colman, Onkel und ich vom

Belgrader Sportklub in den blauen Hosen. Wir waren ziemlich uneins, von welchen Sachen im Sport oder im Leben man Fan sein sollte, manchmal fiel das auf. Die Nachbarn fragten: „Prügelt bei euch einer!“

Dann erzählte Onkel vom Schicksal Benito Mussolinis, dem italienischen Champion im Motorradfahren und später auch im Fliegen eines Doppeldeckers. Papa sagte: „Max Schmeling hat mit seinem Boxhandschuh mitten in Amerika einen Schwarzen geschlagen und gleich tödlich verletzt!“ Opa fragte: „Warum verhaften sie ihn denn nicht!“ Mama sagte: „Was mich betrifft, bin ich für Sonja Henie, die Arme, die bei einer wundervollen Figur auf dem Eis hingefallen ist, obwohl sie wie eine Prinzessin angezogen war!“ Auch ich ging zum Eislaufen, nur daß ich am Anfang einen Stuhl vor mir herschob. Der Stuhl hatte ebenfalls Kufen, unten dran, Mama sagte: „Der Herr Eislauflehrer garantiert, daß er es mit der Zeit auch ohne Stuhl kann!“ Ich ließ den Stuhl überraschend weg und begann selbstständig ein S auf dem Eis zu schreiben, die größte Leistung in diesem Sport. Denselben Buchstaben schrieb auch ein Deutscher, ein Unteroffizier, ohne Kopfbedeckung. Mama sagte: „Warum denn nicht, auch er ist ein Mensch!“ Er sah gut aus. Auf der Eisbahn spielten sie die Komposition „Tipitipitin“, italienischen Ursprungs. Mir gefiel die Eisbahn, trotz des deutschen Unteroffiziers. Aber gerade damals wurde der beste slowenische Radrennfahrer, Đorđe Drljačić, von einem Laster der deutschen Wehrmacht überfahren, wenn auch zufällig. Wir hatten früher das gefährliche Autorennen um den Kalemegdan herum angeschaut, mit dem Sieger Nuvolari aus Rom. Dieser hatte danach einen Kranz um den Kopf. Das hatte sich auf derselben Bahn abgespielt, in der Marschall-Pilsudski-Straße, sowohl der Rennsieg des Italieners als auch das Überfahren seitens des Okkupators. Mir gefiel auch Janez Peternel, der mit dem Rad ohne Essen und Schlafen durch ganz Jugoslawien fuhr. Genauso gern sah ich Radwettkämpfe im Langsamfahren, mit dem beliebten As Dušan Davidović, der sich sehr lange auf dem Rad halten konnte und sich dabei nur sieben Zentimeter fortbewegte. Einmal gab es auch einen Wettkampf im Langstreckentauchen mit tragischem Ausgang, bei dem ein Uhrmacher ertrank. Papa probierte eine Gymnastiknummer, einen Handstand, fiel aber infolge Alkoholeinwirkung auf den Rücken.

Mama hatte ein Foto von Papa versteckt, auf dem er mit anderen Mitgliedern der Turnbewegung Sokol vor einer Mauer in einer Linie aufgestellt war. Auf dem Bild waren alle nackt bis zur Taille und schwarz wie Mohren, wegen der schlechten Qualität des Fotos. Mama hatte noch ein Foto versteckt: „Prinz Andrej am Reck, als Kind." Die berühmtesten Sokol-Mitglieder, die über das Pferd sprangen und mit einer Hand am Seil hingen, waren vor dem Krieg: mein Papa, dann die Herren Alkalaj und Debicki. Opa sagte: „Schau ihn dir jetzt an, da kann er nicht mal auf den Füßen stehen!" Das geschah im Krieg, im keineswegs sportlichen und ziemlich blutigen Weltkrieg. Der berühmte Spitzenakrobat Petrašinović, der gekommen war, um meinen Papa zu sehen, erkundigte sich: „Kann er wirklich keinen Handstand mehr!" Opa sagte: „Nein!" Der Spitzenakrobat schlug dann den Tanten vor, sie über den Kopf zu stemmen, mit einer Hand. Diese sagten zuerst: „Iju!" und später: „Gut, aber nur einmal!" Ich meinte: „Das kann auch Popeye, der amerikanische Matrose!" Petrašinović hielt die Tanten in der Luft über unseren Köpfen, und dann verkündete er:

„Nicht mal der!“ Die Tanten wurden wieder auf dem Boden abgesetzt, unverletzt.

Unsere Nachbarin Darosava schleppte einen mageren Typen an und sagte: „Das ist ein Verwandter von mir, außerdem ein richtiger Fußballer!“ Der magere Typ erklärte uns: „Die greifen von dort an, und ich als Verteidiger mach’ bloß ’nen Befreiungsschlag!“ Onkel sagte: „Bei mir gelten nur Stürmer was!“ Der magere Fußballer empörte sich: „So nicht!“ Im Jahre neunzehnhundertvierundvierzig, dem unsportlichen, wurden viele Bälle auf das Tor von Srđan Mrkušić geschossen, aber ohne Erfolg. Er schrie nur: „Den halt’ ich!“, was sich gleich als zutreffend herausstellte. Die Deutschen versuchten ebenfalls, sich vor den schweren russischen Panzern in Bessarabien zu verteidigen, aber viel schlechter. Genau da hörten wir auf, uns die Übertragung des Fußballspiels zwischen „Vitez“ und „SK 1913“ anzuhören, und es gelang uns, die Nachricht von der Befreiung Vjazmas zu hören, von der uns der Sprecher von Radio Moskau, ein namenloser, unbekannter Genosse, mit Hilfe der Radiowellen erzählte. In unserer Küche endeten die Streitereien über den Namen des Wimbledonsiegers, der bei meinem Opa nichts galt. Statt dessen sagten Onkel und die anderen leise: „Vorwärts Partisanen!“, obwohl es überhaupt keine Wettkämpfe gab. Im Jahr vierundvierzig, im Herbst, fielen viele Bomben auf das Spielfeld des BSK, die Wettkämpfe wurden wegen der Löcher eingestellt. Doch in den Häusern fieberte unser Volk nach wie vor mit.

Ein paar Wochen später sprang ein Fallschirmsportler amerikanischer Herkunft aus einem großen silbernen Bomber ab, einem lichterloh brennenden. Ein paar Monate später spielten deutsche Soldaten in unserem Hof mit einem Kopf Fußball, einem menschlichen, abgerissen durch eine überraschende Granate. Irgendwann Mitte Oktober stiegen die Zeugen der europäischen Geschichte, der Sport- ebenso wie der Kriegsgeschichte, auf das Dach und begannen die russischen Panzer anzufeuern, die über das aufgewühlte Pflaster rasselten, ohne sich um das deutsche Maschinengewehrfeuer, das unsportliche, zu kümmern. Die Leute schrien: „Vorwärts, ihr Roten!", obwohl die Dresse der russischen Soldaten vollkommen grau waren. Ein paar Tage später trugen sie einen russischen Sergeanten, einen ganz jungen, als Sieger des Wettkampfs „Befreiung Belgrads" auf den Händen. Ein paar Jahre später konnte ich durch meine bleibenden Kontakte zu Sportskanonen, zu alten, die aber überlebt hatten, meine Kenntnisse ergänzen und fast vervollkommnen, im Fußball wie im Sport überhaupt.

Die Russen als Gewerbe

Im Jahre neunzehnhundertsechsunddreißig ermordete Ivan Ponomarjov, Kapellmeister, in nervlicher Zerrüttung vier Mitglieder seiner Kapelle, und dann erhängte er sich. Im selben Jahr konstruierte Jaša Sevicki, ein arbeitsloser Ingenieur, einen Ofen, der mit unnützen, unnötigen Dingen beziehungsweise Scheiße geheizt wurde. Der russische Kosakengeneral Pavličenko floh, vernichtend geschlagen, vor den Sowjets auf einem Pferd zu uns und hielt einen Vortrag über all das, hinterher verreckte das Pferd. Ungefähr zur selben Zeit kam Lidija Przevalska, nach der ein anderes Pferd, eins aus dem Fach Naturkunde, benannt war, unter die Straßenbahn, vor lauter Nervosität. All diese Vorfälle ereigneten sich bei uns, und doch waren die Beteiligten Fremde, Mitglieder der Emigrantenkolonie, Russen. Opa regte sich auf: „Die haben uns gerade noch gefehlt!" Im Haus unterschieden wir zwei Arten von Käfern: die schwarzen nannten wir „Schwaben", die gelblichen „Russen", die „Schwaben" waren immer größer. Meine Freunde hießen Rudika Frelih, David Uzijel, Isak Abinum und ähnlich, aber ich hatte noch andere, wie Nikita

Geljin, Lonja Bondarenko, Igor Černjevski, letzterer trug eine Brille. Nikita Geljin hatte eine Frauenbluse, die seitlich geknöpft wurde, bei Nikita tranken wir den Tee aus Tellern, Mama sagte: „Das hab' ich ja noch nie gehört!", aber ich fand das toll. Ich nannte Nikita bei seinem Vornamen, die anderen nannten ihn anders: „Krautruss'!" Mein Freund Igor Černjevski zeigte mir ein Heft, darin stand: „Vielleicht bringe ich mich um!" Ich fragte: „Ist das aus einem Roman!" Er sagte: „Nein, daraus!", und zeigte auf sein Herz. Dann fragte er mich: „Hast du nie daran gedacht, dich umzubringen!" Ich antwortete: „Nein, nie!" Mein Freund Igor Černjevski balancierte gern auf einem Sims im sechsten Stock, die Arme seitlich ausgestreckt. Die Mama des Russen fiel ihn Ohnmacht. Voja Bloša gab zu: „Das getrau' ich mich nicht!" Die Mama von Lonja Bondarenko trug große Hüte, schreckliche Broschen und knallbunte Kleider, Opa sagte: „Bis sie jemandem mit diesen Nadeln die Augen aussticht!" Die Tanten bewunderten ihre Art, aber dennoch erklärten sie: „Bei der hat ein Hund nichts zum Reinbeißen!" Die Mama von Lonja Bondarenko litt an großem Geldmangel, trotzdem rauchte sie Zigaretten mit einer langen Spitze und sagte: „Uoch!", das feinste russische Wort. Die Tanten fragten sie: „Besteht die Möglichkeit, daß wir irgendwann einmal den berühmten und wunderschönen Njižinski sehen, der Schwanensee tanzt und verrückt ist!" Die Mama von Lonja Bondarenko lächelte nur, traurig, und fing gleich an, uns zu erklären, wie man durch Schütteln von verdorbener Milch Butter bereitet. Wir bewunderten das alles, aber Mama sagte danach: „Wenn sie nur nicht so eingebildet wäre, und außerdem wäscht sie sich überhaupt nicht!" Die Tanten empörten sich: „Die Russen sind sehr feine Menschen, wie z. B. Herr D. M. Kuzmičov mit seinen Söhnen, der Tee verkauft!“ Papa wurde mit Unterstützung eines Trägers nach Hause befördert. Papa wurde auf die Ottomane gelegt, er murmelte etwas und lächelte, mild. Opa behauptete: „Er ist voll wie eine Haubitze!“, aber Mama drückte es anders aus: „Er ist voll wie ein Russe!“ Die Tanten fragten: „Wann gehen wir uns anhören, wie die russische Kneipenkünstlerin Olga Jančevecka mit einer Blume in der Hand singt!“ Mama antwortete: „Es reicht, wenn er ständig in diesen Spelunken herumhängt!“, das war natürlich auf meinen Papa gemünzt, was alle sofort verstanden. Onkel erklärte: „Das Fräulein Jančevecka-Azbukin kenn’ ich persönlich, auch viele ihrer Schülerinnen, die hervorragend russisch singen, obwohl sie Serbinnen sind!“ Onkel brachte ein Büchlein mit, das den Titel „Zosja, die schöne Russin“ trug, in dem Büchlein waren viele tolle Zeichnungen, aber total verbotene. Mein Freund Isak Abinum behauptete: „Ich glaub’, die Russinnen ziehen sich am besten auf der ganzen Welt nackt aus!“ Es gab noch ein anderes verbotenes Buch: „Die UdSSR in Wort und Bild“, mit der Darstellung eines großen Panzers, der kleine finnische Häuschen überrollt, die Tanten bewahrten dieses Büchlein hinter dem Ofen auf, wovon der Panzer ein wenig vergilbt war. Dann bot die Mama von Lonja Bondarenko an, uns einen Lampenschirm zu machen, eine wundersame Vorrichtung zur Beleuchtung des Raums, ganz billig. Opa schloß: „Damit man im Halbdunkel ihren Dreck nicht sieht!“ Bei der Vorführung des Films „Die Mannerheim-Linie“ kam der Platzanweiser mit einer Taschenlampe heraus und sagte: „Daß mir ja keiner ‚Es leben die Russen!‘ ruft, weil sie sonst gleich anfangen, Leute zu verhaften!“ Im selben Film, bei der Befreiung Finnlands durch große russische Panzer, steckten alle Russen in weißen Apothekerkitteln und waren riesengroß, während die Finnen ganz klein waren. Von allen Russen gefiel mir in diesem Film Jossif Stalin am besten, der immer seinen Schnurrbart glattstrich wie nach dem Essen. Ich dachte, in Rußland hätten alle einen Schnurrbart und verzehrten nur feine und fette Happen. Selbiger strich seinen Schnurrbart auch für das beste Magazin in Farbe glatt, beim Besuch des Herrn Ribbentrop, des deutschen Generals, der nach Moskau gekommen war, um allen Russen die Hand zu schütteln. Opa drohte mir: „Ich verbiete dir, diesen Scheiß anzuschauen!" Dann versuchte die Mama von Lonja Bondarenko uns die Liebe zur Blumenzucht, was für uns damals ganz unnötig war, einzupflanzen. Sie zeigte uns auch ein dickes Buch „Ogorodničestvo i sadovodstvo"[1] von L. Muratov, wo stand: „Cvjetki sinjije cvjetut v junje!"[2] Die Tanten sagten gleich: „Das ist ein Gedicht!" Meine Mama sagte: „Mir ist wichtig, daß ich Spinat und Lauch habe, damit ich mein Kind durchbringe. Ihre Chrysanthemen sind doch für die Katz!" Die Mama von Lonja Bondarenko fand in dem Buch ein Bildchen mit der Überschrift „Porej žemčužni"[3] und zeigte mit dem Finger darauf, aber meine Mama blieb bei ihrer Meinung. Die Mama von Lonja Bondarenko sagte zum Schluß: „Ničevo!"[4], und damit war es erledigt. Die Tanten hatten gerade zu dieser Zeit gelernt, zwei russische Liedchen zur Gitarre zu singen: „Deine grünen Augen" und „Rot ist der Osten und der Westen!", beide unter Tränen. Opa fragte sie: „Tut euch was weh!" So verstand ich, daß jedes Singen auf russisch eine Krankheit bedeutet, wie Schnupfen und womög-

1 Gemüseanbau und Gartenbau (A. d. Ü. Die russischen Einsprengsel werden in der Übersetzung so übernommen, wie sie im Original erscheinen.)
2 Die blauen Blumen blühen im Juni. (A. d. Ü.)
3 Perllauch (A. d. Ü.)
4 Macht nichts! (A. d. Ü.)

lich noch etwas Schlimmeres. Immer wenn Mama die traurige Geschichte von der russischen Gräfin erzählte, die von einem Kavallerieoffizier verführt worden und unter einen Zug gesprungen war, sagte sie: „Es ist traurig, auf der Welt zu leben, und besonders für eine Frau und Russin!“, das stammte bestimmt auch aus irgendeinem Buch. Onkel fragte: „Warum wirfst du dann Frau Bondarenko hinaus, wenn sie dir zeigen will, wie man häkelt!“ Mama antwortete: „Was geht dich das an!“ Kurz danach sagte sie: „Du willst dir wohl eine Krankheit holen, eine russische!“, aber dazu kam es nicht. Nur Voja Bloša sagte mir: „Wenn du russisch kannst, was heißt dann ‚Davaj spičku da zakurim‘!“[5] Wir hätten Igor Černjevski danach fragen können, taten es aber nicht. Igor Černjevski schwebte weiterhin in jenen Höhen, ging auf dem Sims wie im Schlaf. Ich verstand, daß das Leben eines jeden Russen voller Gefahren steckte, ohne die dieses Leben unvorstellbar war. Die Mama von Lonja Bondarenko bestätigte das mit vielen Seufzern in Anwesenheit meines Onkels, der immer frisch gekämmt war. Die Mama von Lonja Bondarenko kam viele Male, um uns irgendeinen Dienst anzubieten, aber meine Mama lehnte meistens ab. Die Mama von Lonja Bondarenko bot an, irgendeine nützliche Sache aus Seide zu machen, betrachtete dabei aber fast die ganze Zeit meinen Onkel, der ein Buch las. Onkel unterbrach das Lesen, sagte der Mama von Lonja Bondarenko ein unerhörtes Wort, Lonjas Mama rannte daraufhin zur Tür und blieb an der Wand stehen, schwer atmend. Mir fiel auf, daß alle Russinnen dauernd hinausrannten, hinter der Tür stehenblieben und atmeten, ganz schwer. Eine Zeitlang schien unser komplettes Leben von Russen

5 Gib Streichholz, damit ich Zigarette anzünden. (A. d. Ü.)

abzuhängen, die in der Nachbarschaft wohnten und alles wußten. Dies bezog sich auf die Beschreibungen verschiedener Maschinen und Blumen wie auch darauf, auf das Atmen. Alle Russen hatten berühmte Namen, einige von ihnen waren erfunden. In unserer Nachbarschaft wohnten vier falsche Schwestern von Nikolaus dem Zweiten, den man mit einer Säge zerteilt hatte, sowie siebenundzwanzig Gräfinnen. Ihre Nachnamen endeten alle auf „ov" und „ski", sie bestritten ihren Lebensunterhalt mit dem Stricken von Schals, mit Häkeln und ähnlichem. Der Onkel von Lonja Bondarenko konnte im Kopf beliebige Zahlen multiplizieren, er hieß Lebedev, aber man glaubte ihm nicht. Lebedev arbeitete in einer Bank, während der Papa von Nikita Geljin in einer Druckerei der beste im Herstellen von Bleibuchstaben war. Für sie alle verwendeten wir das russische Wort „kvaljifikovani". Dieses Wort nervte am meisten meine Mama, weil sie meinte, das Wort sei falsch. Ich dachte damals, Russen seien irgendein Gewerbe, eins der wichtigsten. Ansonsten waren die russischen Menschen meinem Vater, meinem Onkel und den anderen ähnlich, außer daß sie Brillen trugen, in den Himmel schauten und taten, als wären sie traurig. Das russische und unser Volk waren sich sehr ähnlich in Dingen wie dem Trinken, dem Fluchen und der besonderen Liebe zu einem Geschlecht, dem weiblichen. Die russische Sprache war unserer schon immer ähnlich, nur hatte sie irgendwelche Fortsätze. Die Russen sprachen wie jeder von uns, nur betrunken. All das bewegte uns sehr, besonders die Tanten. Sie bedauerten: „Weshalb sind wir nicht als Russinnen geboren!" Mama erklärte ihnen: „Jetzt hättet ihr kein Brot zu essen!" Sie antworteten: „Wenn schon!" Die Mama von Lonja Bondarenko brachte damals meinem Onkel bei, wie man den alten russischen Buchstaben „jer“ schreibt, mit Häkchen. Sie gestand ihm: „Jetzt gibt es den nicht mehr!“ Ich glaubte, die Russen sprächen mit Buchstaben, die gar nicht existierten und die von uns allen nur der Onkel kannte.

Im Jahre neunzehnhundertsiebenunddreißig wollte die falsche Gräfin Jevdokija Krutinska ein Papier von uns unterschrieben haben, das sie für eine Anstellung bei der Dampfschiffahrtsgesellschaft brauchte, Papa unterschrieb, aber die Gräfin bekam die Stelle trotzdem nicht. Sie saß zu Hause, fütterte neunzehn Katzen und kam anschließend immer voller Fäden und Haare auf dem Mantel zu uns. Opa empörte sich: „Daß ich ja kein Katzenhaar in der Suppe finde!“ Im Jahr zweiundvierzig bürstete die Gräfin ihren Mantel aus, brachte ein Hakenkreuz auf ihrem Hut an und verkündete: „Mi tože okupatori!“[6] Opa erinnerte sich an Ribbentrop, der in Moskau Hände geschüttelt hatte, und sagte. „Na klar!“, aber keiner antwortete ihm. Im Jahr zweiundvierzig sagte Mama dennoch halblaut: „Soll Gott den Russen und sein Pferdchen doch leben lassen!“ Onkel fragte: „Wieso denn, wo du doch erzählt hast, daß Frau Bondarenko ihre Wäsche im Zimmer trocknet und die Kleider nicht wechselt!“ Mama antwortete: „Ihr habt’s gut, wenn ihr’s nicht versteht!“ Mir fiel auf, daß die Russen auf einmal berühmt geworden waren, trotz Wäschetrocknens im Zimmer mit Hilfe einer Leine. Die Mama von Lonja Bondarenko kam weiterhin zu uns, bot aber beinahe nichts an. Die Tanten sahen in ihre Augen und klagten: „Wenn wir doch auch so traurig sein könnten!“ Mama erklärte: „Das ist, weil die Arme keinen Mann hat!“ Die Mama von Lonja Bondarenko schaute wirklich betrübt auf einen Punkt,

6 Auch wir sind Okkupatoren. (A. d. Ü.)

keiner wußte, weshalb. Papa behauptete: „Ich hab' gehört, jeder Russe säuft sich an wie ein Schwein, und danach weint er wie ein Kind!" Mama sagte: „Sie werden wohl einen Grund haben!" Die Tanten meinten: „Das ist, weil sie niemand versteht!" Die Mama von Lonja Bondarenko wollte oft etwas erzählen, aber gab es danach auf. Opa sagte: „Alle wollen sie das eine wie das andere, und darüber vergeht ihr Leben!" Auch mir fiel auf, daß die Russen irgend etwas machten und danach bereuten, daß sie es getan hatten. So war es mit meinem Freund Igor Černjevski, mit Nikita Geljin, bei dem wir Tee aus den Tellern tranken, wie auch mit der Mama von Lonja Bondarenko, der sehr nervösen. Opa wunderte sich: „Jedes Volk weiß, wo's hin will, aber die, Gott bewahre!" Schon früher hatten uns Studenten versichert: „Alle Menschen sind Brüder, aber die Russen sind unsere größten Brüder!" Opa sagte: „Wie kann das sein!" Ich dachte, das ist bestimmt wegen der Panzer, die in einem Film finnische Bäume umfahren! Die Studenten rieten mir: „Vergiß das jetzt!" Onkel sagte: „Genau, das haben wir im Kasina-Kino gesehen, in dem die Tische waren!" Die Studenten sagten ein wenig streng: „Trotzdem werden wir eine Republik von ihnen sein, und zwar die beste!" Mama schloß: „Arme Völker!" Mama bemerkte selbst, daß ständig über traurige Dinge aus dem russischen und unserem Leben geredet wurde. Deshalb erklärte sie: „Ich will nur, daß ich weiß, an was ich sterbe, und daß man mir das wie in einer Kaffeetasse zeigt!" Opa antwortete: „Phantasier du nur!" Mama sagte wenig später: „Gut hat's, wer einschläft und nicht weiß, daß er gelebt hat!" Mama bildete sich ein, so Anteil zu nehmen an den großen seelischen Krankheiten, an denen unsere Nachbarn, die Russen, litten, aber das stimmte nicht. Die Tanten versuchten unaufhörlich, die Mama von Lonja Bondarenko aufzuheitern, aber dann fielen ihnen so viele schlechte Beispiele aus Romanen ein, ebenfalls russischen, und fingen selbst an zu weinen. Mama hatte schließlich Mitleid mit Frau Bondarenko und fragte: „Könnte Ihr Bruder meinem Sohn nicht ein wenig Mathematik zeigen, er stellt sich dabei dumm wie ein Esel an!“ Die Mama von Lonja Bondarenko sagte kurz angebunden: „Možna!“[7]

Als Lebedev, der ehemals feine Herr aus dem Bankwesen, kam, bemerkte Opa: „Was kann der schon wissen, wo seine Ärmel am Ellbogen durchgescheuert sind!“ Die Tanten sagten: „So sind sie alle!“ Lebedev versuchte, mir das Geheimnis des Quadrats über der Hypothenuse zu erklären, aber er gab es bald auf und begann zu singen: „Oh ti, gorje, gorje!“[8] Alle stimmten mit ein, beinahe unhörbar. Papa war gerührt und sagte: „Das lasse ich mir gefallen!“ Mein Papa hatte nie eine größere Menge Alkohol getrunken als damals, als er das Liedchen „Oh ti, gorje, gorje!“ des Herrn Lebedev, des Mathematikexperten, hörte. So wurde die Arbeit an der mathematischen Wissenschaft eingestellt, komplett. Opa war damit einverstanden. Er sagte: „Wen kümmert's, wieviel drei Arbeiter in sechs Tagen trinken, wenn sie jeweils fünf Flaschen Bier trinken, und anderer Blödsinn!“ Auch ich selbst hatte bemerkt, daß in den Rechenaufgaben die schlimmsten Beispiele aus dem menschlichen Leben angeführt werden, nur wird am Ende ein Strich darunter gesetzt und alles zusammengezählt.

Später brachte Lebedev seine Schwester dazu, uns eine Ballettfigur zu zeigen, die sie von Frau Nina Kirsanova, der

7 Ja (das ist möglich). (A. d. Ü.)
8 Ach du, mein Kummer, mein Kummer! (A. d. Ü.)

Königin dieser Kunst, gelernt hatte. Die Mama von Lonja Bondarenko hob ein Bein in die Höhe, ganz hoch. Sie glich einem gespreizten Zirkel, als geschähe auch dies zu Ehren der Mathematik, der arg vernachlässigten. Alle waren verdattert. Lebedev sagte: „Nu, vot!“[9] und rückte seine Brille zurecht.

Diese Geschichte endet im Oktober des Jahres vierundvierzig. Wir waren auf die Straße gegangen, um die russischen Panzersoldaten zu sehen, die im Vorbeiziehen von den Türmen ihrer großen Eisenungetüme herablächelten. Die Soldaten auf den Panzern aßen Brot und Marmelade, schwarze, von Pflaumen. Ihre Ohren waren davon verschmiert. Die Leute betrachteten die von der Marmelade verschmierten freundschaftlichen Gesichter der Panzersoldaten aus Kujbišev sowie die falsche Gräfin Jevdokija Krutinska, die ebenfalls oben war, auf diesem Eisenungetüm. Die Gräfin hatte ihr Abzeichen mit dem Hakenkreuz durch ein ganz großes mit Hammer und Sichel ersetzt, Opa sagte: „Die schon wieder!“ Dann ging der ältere Leutnant Miron Stepanovič Timirjazev mit Hilfe des Vodkas, dieses kostbaren russischen Getränks, auf den Händen die ganze Königin-Natalija-Straße hinunter. Papa verkündete gleich: „Das ist mein Mann!“ Papa und Timirjazev setzten sich an einen Tisch, sehr lange, der Russe sagte meinem Papa ins Gesicht: „Ti moj drug, ti drug moj, drug moj ti!“[10] Danach kotzte er in seinen Ärmel, damit man es nicht bemerkte. Das klang so: „Buoach!“

Dann begann die Mama von Lonja Bondarenko auf die zahlreichen Leute zu starren, die am Haus vorbeizogen, sowohl auf die auf den Panzern als auch auf die gewöhnlichen

9 Was ist schon dabei. (A. d. Ü.)

10 Du bist mein Freund, du mein Freund bist, mein Freund bist du. (A. d. Ü.)

Soldaten mit Gewehren über der Schulter. Die Mama von Lonja Bondarenko nahm ihren Hut ab und legte sich unter die Kette des größten Panzers, die oben bemerkten es noch nicht einmal. Meine Mama fragte meinen Onkel kurz darauf weinend: „Ich hab' ja nicht mal ihren Vornamen gekannt!" Onkel antwortete: „Ich auch nicht!" So bestätigte sich, daß sich jeder Russe alles merkt, was er im Laufe seines Lebens getan hat, und später, am Ende, noch eine Sache hinzufügt, wie eine Art Strafe. Vor allem die Russin.

Ein sehr lobenswertes Gewerbe, das der Lumpen

Mama sagte: „Wenn ich nur dran denke, wie viele Menschen auf der Welt leben, krieg' ich gleich Kopfweh!“ Papa fragte: „Wer zwingt dich zu denken!“ Es gab viele Leute, die überhaupt keine Beziehung zu uns hatten, und trotzdem kannten wir sie, sie gingen durch unser Treppenhaus, manche kamen sogar zu uns, in die Küche. Die Leute kamen, um meinem Onkel alle Momente eines Fußballspiels zu erzählen, das Onkel nicht gesehen hatte, weil er bei einer Dragica gewesen war. Sie beschrieben viele tolle Schüsse mit dem Fuß, später zeigten sie, wie man durch Blasen auf den Oberarm Furztöne erzeugt, die sich wie echt anhören. Papa sagte: „Alle Achtung!“ Opa meinte: „Damit könntet ihr Geld herausschlagen, wenn jemand so verrückt wäre, euch zuzugucken!“ Die Leute, die mit unserer Familie nichts zu tun hatten, begannen mir Unterricht im falschen Furzen zu erteilen. Opa schloß: „Das sind Lumpen!“ Onkel fragte: „Was willst du damit sagen!“ Opa antwortete: „Das sind die, die dir sagen, du sollst auf eine Wolke gucken, und in dem Moment ziehen sie dir den Geldbeutel aus der Tasche!“ Die Tanten fügten hinzu: „Und im Kino stoßen sie bei den feurigsten Liebesszenen kehlige Laute aus, um sie verächtlich zu machen!“ Mama bestätigte: „Mir haben sie den Spaß verdorben, als ich mir einen Film über die Enthauptung der Fürstin Tarakanova angeschaut habe!“ Onkel widersprach: „Sie sagen nur laut, was auf der Leinwand zu sehen ist, wie z. B. ‚Mensch was für Titten!‘“ Opa fragte: „Und davon hast du nicht genug!“ Wir kannten Leute, die in den Kinos laut die Körperteile der Frau kommentierten, mir brachten diese Leute bei, künstlich zu furzen, aber das war nicht alles. Dies geschah im Krieg, im Weltkrieg und im allgemeinen Krieg, diese Leute waren nirgendwo in ein Berufsregister eingetragen. Opa behauptete: „In jedem normalen Land würde man sie einen Kopf kürzer machen!“ Onkel entgegnete: „Sie stören keinen, sie furzen nur falsch, durch Blasen auf den Oberarm und andere Tricks!“ Opa sagte: „Sie leihen sich fünf Scheine, und dann verschwinden sie auf Nimmerwiedersehen!“ Papa fügte hinzu: „Stimmt nicht, sondern sie warten immer auf irgendwelche Knete, die nicht ankommt!“ Ich sagte: „Ich will auch ein Lederband ums Handgelenk haben wie sie!“ Die Tanten meinten: „Das sind alles ehemalige Boxer, oder sie haben früher das Blech auf dem Dach repariert und sind sehr stark!“ Mama sagte: „Sie wissen nicht, wo sie schlafen sollen, und zu essen haben sie nur was, wenn ich ihnen Kartoffelpaprikasch von vorgestern gebe!“ Über die Lumpen waren uns viele unerfreuliche Dinge bekannt, aber trotzdem wurde über sie nie mit Haß gesprochen, sondern irgendwie anders. Mama erzählte: „Sie tragen überhaupt keine Hemden unter dem Mantel, sondern wickeln sich in Zeitungen, damit sie es warm haben!“ Opa erklärte: „Wenn sie die Taschen ausschütteln, ist immer alles voller Tabak, Räubermesser, aber nicht ein Dinar!“ Onkel fügte hinzu: „Und sobald sie eine Frau sehen, grabschen sie ihr gleich an den Hintern!“ Die Tanten sagten: „Sie kommen aus guten Familien, nur haben die sich von ihnen losgesagt!“ Onkel ermahnte uns: „Wenn es sie nicht gäbe, weiß ich nicht, wer euch dann deutsches Brot und Sardinen besorgen würde!“ Opa sagte gleich: „O ja, wenn sie stehlen!“ Onkel fuhr fort: „Und sie können euch zu jeder Zeit einen halben Sack Kohlen anschleppen!“ Die Tanten sagten: „Sie sind nur sehr unglücklich, von Kindesbeinen an!“ Wir gingen viele Gewerbe durch, um uns klarzumachen, was wer arbeitet, aber ständig kehrten wir zu diesem zurück, diesem ziemlich seltsamen, dem der Lumpen. Mama wurde wieder ganz traurig: „Sie leben wie die Hunde, daß es mir das Herz zerreißt!“ Opa erinnerte sie: „Und dann stehlen sie dir das goldene Armband, das du auf der Kredenz vergessen hast!“ Im Jahr dreiundvierzig, gegen Ende des Krieges, blühten viele Gewerbe, eins von ihnen war ein besonders seltsames, anziehendes, das Lumpengewerbe. Mama dachte nach und sagte: „Es macht mir nichts aus, daß sie stehlen, wenn sie wenigstens nicht diese wüsten Ausdrücke hätten!“ Papa schloß: „Wenn der Krieg weitergeht, werden wir alle auf ihre Arbeit umsteigen, von der ich nichts verstehe!“ Opa sagte: „Wenn man anfängt, sie wie die Hunde abzuschießen, wirst du schon sehen!“ Im Jahr dreiundvierzig, war es ganz ungewiß, wer die schweren, von Grauen und Verbrechen erfüllten Tage überleben würde, besonders unklar war, wie die Leute ohne Beruf durchkommen würden, die Beteiligten an vielen Ereignissen, völlig erfundenen, mit einem Wort: die Lumpen. Papa erzählte: „Sie gehen jetzt auf die Leute in der Kneipe zu und schreien ihnen Hu! ins Ohr, wovon diese unter den Tisch fallen!“ Onkel gestand: „Mich stört nur, daß ich nie weiß, ob sie die Wahrheit sagen oder einen veräppeln!“ Wie man sieht, waren im Jahr dreiundvierzig manche Sachen ziemlich klar, andere dagegen viel weniger. Immer wieder kam ein Mann ohne Hand, seinen richtigen Namen kannte keiner, wir nannten ihn Žika Bezrukić[11], wegen eines Vorfalls mit einer Granate. Žika Bezrukić zeigte allen seinen Stumpf, den er in mit Gummiband befestigtes Zeitungspapier eingewickelt hatte. Er sagte: „Die wollen mir dauernd einen Diebstahl von 25 Kilo Schmalz anhängen, sie drohen mir sogar mit dem Tod, aber ich hab' nichts damit zu tun!" Opa sagte: „Ach wirklich!" Žika Bezrukić fuhr fort: „Ich sag' ihnen: Leute, Brüder, ich doch nicht, ehrlich, aber sie glauben mir nicht!" Opa sagte ihm: „Das wundert mich jetzt aber!" Žika Bezrukić erklärte außerdem: „Mich haben die größten Herren vor dem Krieg bewirtet, und zwar mit den besten Speisen und Getränken, und einer hat mir sogar seine Frau in Seidenstrümpfen angeboten, weil er nicht konnte!" Onkel bemerkte: „Wo war ich da!" Žika Bezrukić erzählte: „Was hab' ich nicht alles durchgemacht, nur weil ich irrsinnig gut bin!" Opa sagte: „Das glaub' ich dir!" Im Jahr dreiundvierzig kamen viele zwielichtige Gestalten in unser Haus, die Vertreter eines gefährlichen, doch lobenswerten Gewerbes, des Lumpengewerbes. Der bekannteste von ihnen war Žika Bezrukić mit dem Arm in einer Zeitung. Er sagte: „Ihr habt ja keine Ahnung, was man von manchem Narren so alles auf der Straße gesagt bekommt!" Opa bemerkte: „Wir gehen nicht raus, und uns betrifft das nicht!" Mama meinte: „Wir sind froh, daß wir eine warme Ecke haben, und da schweigen wir!" Žika Bezrukić ging nicht darauf ein und erzählte: „Einer hat mir angeboten, ich soll ihm den Rücken peitschen, und er gibt mir dafür fünf Schein-

11 Žika ohne Hand (A. d. Ü.)

chen!“ Mama stöhnte auf: „Das ist ja ein pathologischer Typ, wie sie zuhauf in unseren Haustüren stehen!“ Die Tanten widersprachen „Er ist ein armer Kranker, wir würden ihn gern sehen!“ Opa schrie: „Ich wär’ ja verrückt, wenn ich euch lassen würde!“ Žika Bezrukić endete: „Uns Kinder der Straße braucht kein Mensch, und wir sind den übelsten Vorschlägen ausgesetzt!“ Opa sagte: „Ich hab’ richtig Angst, daß du noch verkommst!“ Mama fügte für sich hinzu: „Am schlimmsten ist, daß bei alldem auch Frauen dabei sind, die rauchen und den Rock für ein paar lumpige Dinar heben!“ Papa sagte: „Armut hat keine Wahl!“

In diesen Jahren waren manche Leute als Lumpen beschäftigt, obwohl wir nicht wußten, wo. In diesen Jahren hatten wir diese Leute ständig vor Augen, und trotzdem konnte keiner von uns in Erfahrung bringen, was sie eigentlich arbeiteten. Am meisten ging das alles meinem Opa auf die Nerven, aber dann auch uns anderen. Ihnen passierte immer alles, uns fast nichts. Sie erzählten immer etwas Interessantes und Neues, und wir nur das Alte, Bekannte und Dumme. Sie reisten immer irgendwohin, trotz Geldmangel, wir kamen nicht aus unserer Küche, der oft ungeheizten, heraus. Papa zog den Schluß: „Ich hätt’s besser gehabt, wenn ich als Lump geboren wär’!“ Die Tanten waren entsetzt. Papa fuhr fort: „Ich wär’ viel besser dran!“ Mama antwortete: „Wärst du nicht!“, was vielleicht auch stimmte.

Kurzgeschichte über die Kunst des Schwimmens zur Kriegszeit

Mein Onkel behauptete: „Ich schaffe es, durch den gefährlichsten Strudel zu schwimmen, nur daß in der Nähe ein Boot ist mit zwei erstklassigen Schwimmern!“ Wir waren alle sehr verwundert, aber er fügte hinzu: „Klare Sache, und daß ich einen Rettungsgürtel habe, für alle Fälle!“ Die Tanten erinnerten sich gleich an Johnny Weissmuller, der ohne irgendeinen Rettungsgürtel in die schrecklichen Niagara-Fälle gesprungen war und ohne an den Tod zu denken. Ich erzählte einen Fall, wo ein bildschöner Filmstar in der eigenen Badewanne ertrank, nur weil er ein bißchen eingenickt war. Mama sagte: „Da könnt ihr mal sehen!“ Onkel hatte auch ein Buch: „Schwimmen, ohne zu ertrinken“, in zehn Lektionen und mit Bildern. In dem Buch gab es Zeichnungen von den Bewegungsabläufen vieler Stile, aber die schönste Zeichnung war die zum Schwimmen mit dem Kopf unter der Wasseroberfläche, und dann die andere, wenn der Schwimmer auftaucht und die ganze verschluckte Flüssigkeit ausspuckt. Opa fragte: „Es ist doch ein Geheimnis, wie der überlebt, wo er sich so mit Wasser hat vollaufen lassen!“ Mama erinnerte sich sofort an Papas große Leidenschaft für Alkohol und bat uns: „Redet vor ihm bloß nicht übers Vollaufenlassen, damit er nicht beleidigt ist!" Onkel erklärte dann: „Mir ist es endlich gelungen, den großen Schwimmchampion Severin Bijelić kennenzulernen, der es schafft, dir in fünf Minuten das Schwimmen beizubringen!" Mama antwortete: „Na danke!" Die Tanten fügten hinzu: „Habt ihr bemerkt, daß sich auch der verschwitzteste Sportsmann anschließend duscht und wunderschön kämmt!" Ich hatte ebenfalls festgestellt, daß sogar der gröbste Spitzensportler in den feinsten Anzug schlüpft, sobald er aus dem Becken herauskommt.

Als er zu uns kam, stellte der große Schwimmchampion tatsächlich gleich seine ganze Vornehmheit in einem noch vor dem Krieg genähten Anzug unter Beweis. Sofort krempelte er die Ärmel auf und schlug vor: „Ich kann euch die verschiedensten Stile beibringen, und das ganz ohne Wasser, mitten im Zimmer!" Mama sagte: „Nur daß er mir die japanische Vase nicht zerbricht, ein Geschenk von meinen armen Verwandten in Amerika!" Die Tanten wollten seine Bewegungen partout nicht begreifen, weder die Arbeit in den Schultern noch die andere, die der Beine. Der Schwimmer beklagte sich: „Wenn wir nur ein bißchen mehr Platz hätten, oder wenn sich die Fräuleins auf den Boden legen würden!" Das war schlicht nicht durchführbar. Alles war darauf angelegt, daß ich niemals schwimmen lernen würde, was ihnen voll und ganz gelang.

Ich verstand, daß Schwimmen, Baden und überhaupt Vergnügungen am Wasser zu einer besonderen Lebensart gehörten, einer mir unerreichbaren. Das sah man am besten am berühmten Donaustrand und an den Begebenheiten, die sich dort abspielten.

Ich erkundigte mich: „Wie kommt es, daß ein und dieselben Leute ganz normal aussehen, wenn sie Straßenbahn fahren oder in Läden Zigaretten verkaufen, aber dort gleich wirken, als wären sie aus dem letzten Jahrhundert!" Die Tanten erklärten: „Das ist dieses spezielle Flair, das die Badekleidung, die mysteriösen Umkleidekabinen und die Fähnchen, die über allem flattern, umgibt!" Ich verstand, daß viele Leute radfuhren, Eis kauften und Kinos besuchten wie alle anderen auch, dann aber ins Flußbad gingen und sich hinsichtlich ihres Verhaltens völlig verwandelten. Mama erklärte: „Sie sind nur begeistert, aber das Leben bleibt bitter und unheilbar!" Ich hatte auch selbst bemerkt, daß sich viele Filmschauspielerinnen am Rand eines Beckens fotografieren ließen, in dem sonst niemand schwamm außer ihnen selbst, und auch das sehr selten! Mir wurde klar, daß Schwimmen als Handlung irgendwie mit großem Reichtum zu tun hatte, was man am besten an meinem eigenen Leben, meinem Nichtschwimmerleben, sehen konnte. Mama tröstete mich aufs neue: „Die besten Schwimmer ertrinken, weil sie zu sehr an sich selbst glauben!"

Das war eine Geschichte über das Schwimmen als Beruf, sogar als eine Art Gewerbe zu jener Zeit, jener Kriegszeit, aber es tauchen darin, wie es eben vorkommt, auch ganz gegenteilige Dinge auf. Opa nutzte das gleich aus, um zu verkünden: „Was warten diese dummen Russen und Amerikaner, wo uns das Wasser bis zum Hals steht!" Opa übertrug die ganze Theorie des Schwimmens auf die Schlachten im damaligen Europa. Ich erinnerte mich an die aufregende Berichterstattung von der Schwimmolympiade in Berlin und an die Beschreibung des berühmten Schiffeversenkens im Ärmelkanal, als wären diese Dinge miteinander verbunden gewesen.

Mama erklärte im selben Stil: „Nur daß wir uns dieses Mal aus dem Wasser retten, danach schaffen wir's leicht!" Sie dachte immer, nur jetzt müsse man der Gefahr irgendwie entrinnen und das nächste Mal sei alles unvergleichlich besser.

Nach einer Weile kam Onkel von der Straße hereingerannt und fragte uns: „Erinnert ihr euch noch an den großen Schwimmer, der versucht hat, uns das Kraulen beizubringen!" Dann sagte er: „Ich hab' gehört, daß ihn die Spezialpolizei in einer Waschschüssel ertränkt hat, weil er nicht bekennen wollte, ob er für oder gegen die Deutschen ist!" Schließlich verstand ich, daß manchmal die größten Schwimmkenntnisse nicht ausreichen, um einen vor dem Ertrinken zu retten. Darin stimmte ich vollkommen mit meiner Mutter überein, die bekräftigte: „Was hab' ich euch gesagt!"

Später stellte ich fest, daß man nur älter zu werden braucht, um dann gleich eine Erzählung über irgend etwas zu schreiben. Das zeigte sich jetzt auch bei der Geschichte über das Schwimmen. Man muß bloß viele sinnlose Beispiele zu einem Thema verbinden, welches, was am schlimmsten ist, mit diesen Beispielen fast gar nichts zu tun hat. Früher dachte ich, alle Dinge müßten irgendwie verbunden sein, und erst später erkannte ich, daß sie sich viel leichter verbinden, wenn sie keinerlei Ähnlichkeit miteinander haben. Genau das geschieht jetzt und mit der Geschichte über das Schwimmen.

Über ein großes Gewerbe, das der Schürzenjäger

Onkel begann im Jahr dreiundvierzig zu husten, im Herbst. Sein Wasserglas stellte er ganz oben hin, auf die Kredenz, und sagte mir: „Rühr es ja nicht an!" Mama meinte: „Daß er bloß kein Blut spuckt!" Sie führte sofort viele schreckliche Beispiele an, die sie bei einem Besuch im Sanatorium „Živković" gesehen hatte. Dann sagte sie: „Die armen Lungenkranken, selbst der schwerste Wintermantel nützt ihnen nichts, sie können ihn gar nicht auf dem Leib tragen, so schwach sind sie!" Onkel lag in seinem Zimmerchen herum, wo ihn die Mädchen aus der Nachbarschaft zu besuchen begannen. Die sagten: „Hier haben wir ein bißchen Brot und Butter für unseren Patienten!" Onkel verschlang die dringend notwendige Nahrung, Nahrung wie vor dem Krieg, und dann zeigte er ihnen einen Trick mit einem Stück Klopapier, durch das ein Loch für den Finger gebohrt wird. Die Mädchen waren hin und weg. Mama fragte sie: „Habt ihr denn keine Angst vor Ansteckung!" Sie antworteten: „Nein!" Mama sagte: „Ich frag' den Herrn Doktor, ob ihr überhaupt in seine Nähe dürft!" Onkel erzählte den Mädchen von seiner gefährlichen Arbeit als Schaffner bei der Zagreber Straßenbahn wie auch von Fanika Ilerova, der Schauspielerin, die er ebenfalls kannte. Später behauptete er: „Ich persönlich hab' Konjović gesehen, den größten Herrn vor dem Krieg, wie er auf der Terrasse des Hotels Esplanade saß und mit den Fräuleins Beba Prpić und Branka Rot Likör trank, beide hatten Kajzer-Strümpfe an!" Die Mädchen klatschten in die Hände: „Ist nicht möglich!" Onkel hustete, aß ganz weißes, mit Butter und Honig bestrichenes Brot und zeigte allen ein kleines unanständiges Spielzeug, das er selbst gebastelt hatte. Das Spielzeug stellte einen Mann von zehn Zentimetern Größe dar, der einen ungebührlich großen Körperteil hatte. Dieser Teil bewegte sich auch noch, in die Höhe. Die Frauen quietschten, ich weiß nicht, warum. Mama schrie: „Doch nicht vor dem Kind, tu das unter die Decke!", und dann, viel leiser: „Der verdammte Krieg!" Später nahm Onkel sein Spielzeug auch unter der Decke in Betrieb, aber da hatten sie mich schon aus dem Zimmerchen verbannt, voll und ganz. Onkel konnte auch andere Handbewegungen machen, wie die mit dem Zeigefinger unter der Nase. Ich wußte, daß auch das verboten war, nur war ich nicht sicher, von wem aus. Genau da kam eine Kellnerin und zeigte auf den Onkel: „Der macht einem ein Kind, und danach stellt er sich verrückt!" Onkel sagte: „Ich hab' sie noch nie im Leben gesehen!" Papa sagte: „Das will noch gar nichts heißen!" Mama fragte als erstes: „Wer ist denn das Fräulein, wenn ich das wissen darf!", und dann: „Sehen Sie denn nicht, daß er im Sterben liegt!" Die Kellnerin schrie: „Soll er doch!" und schlug die Tür zu. Vom Sterben konnte keine Rede sein. Onkel aß die ausgezeichnete Nahrung der Mädchen und Frauen aus der Nachbarschaft, bekam rote Wangen, spielte unanständige Liedchen mit Hilfe eines Kamms und Zigarettenpapier, und später begann er

Uhren zu reparieren, ganz kleine. Als erstes nahm er die Uhr unserer Nachbarin Darosava auseinander, wusch die winzigen Teile in Benzin und setzte sie wieder zusammen. Das tat er mit einer Lupe, die er ans Auge hielt, sehr versiert. Onkel beklagte sich: „Jetzt fehlt mir nur noch eine Pinzette!“ Die Tanten sagten: „Wir geben unsere nicht her, die brauchen wir für die Augenbrauen!“ Frau Darosava blieb eine Zeitlang in Onkels Zimmer, von dort hörte man ein Knarren und Schreie, Opa sagte: „Das ist sie, seine Pinzette!“ Mama stimmte gleich eine Opernarie an und begann ein Fenster zu putzen, das in der Küche. Frau Darosava kam aus dem Zimmerchen, strich mit der Hand ihr Haar zurück und verkündete: „Sie geht wie neu!“ Opa antwortete: „Na klar!“ Danach kam die Tochter des Polizeischreibers und sagte: „Könnte er den Wecker reparieren, der meinen Vater weckt, wenn er zur Polizei geht!“ Opa sagte: „Was ist das schon für ihn!“ Später war auch die Tochter des Schreibers ziemlich lange in Onkels Zimmerchen, zu mir sagten sie: „Nimm die Rollschuhe und geh auf die Straße, nur daß du nicht unter die Straßenbahn kommst!“ Onkel reparierte alle Uhren im Haus, die kleinen wie die größten. Mama wartete ab, bis Onkel die Arbeit an der Uhr eines Bankmanns, der jetzt interniert war, beendet hatte, dann flüsterte sie seiner Frau zu: „Sie etwa auch, als Frau eines stolzen Bankangestellten, der hinter Stacheldraht schmachtet!“ Die Frau des Bankmanns antwortete: „Kümmern Sie sich um Ihren eigenen Kram!“ Mich schickten sie einen halben Liter Essig kaufen, den sowieso keiner brauchte. Ich mußte immer irgend etwas im Laden holen, so daß ich keine einzige Reparatur von Onkel bis zum Ende sah. Mein Freund Voja Bloša sagte mir: „Mann, der besorgt es ihnen!“ Ich sagte: „Woher weißt du das!“ Papa erkundigte sich: „Wie macht er sie bloß heiß!“ Opa antwortete: „Mit den ordinärsten Schweinereien!“ Papa überlegte weiter: „Ich weiß nur nicht, was er ihnen als erstes sagt!“ Mama meinte: „Was kümmert dich das!“ Ich begriff, daß die Arbeit mit den Uhren nur dem Onkel erlaubt war, jedenfalls wegen der Krankheit. Papa lungerte in der Küche herum, horchte, was in Onkels Zimmer vor sich ging, und danach sagte er über den Onkel: „Schürzenjäger!“ Ich fragte: „Ist ein Schürzenjäger jemand, der etwas repariert!“ Mama schickte mich gleich, Brennholz hacken, sagte aber: „Nur hack' dir mit dem Beil nicht den Finger ab, weil ich dann nichts gewonnen habe.

Eine Woche später vergewaltigten barhäuptige Deutsche auf dem Rückzug ein Mädchen aus der Nachbarschaft, im Hof, vor aller Augen. Drei Wochen später zogen die Russen auf Panzern in die Stadt ein, lachend, lustig und fluchend. Drei Monate später nahm mich Onkel mit zu Ružica, einer Friseurin, die ihre Körperteile und deren Gebrauch vorführte. Ein paar Jahre später wurden mir fast alle Worte klar, die ich in meinem berühmten Aufruf patriotischen Stils im großen Schürzenjägerjahr vierundvierzig, im Herbst, geschrieben hatte.

Notiz über das neueste Gewerbe, das Männergewerbe

Die großen Helden des Krieges, des Befreiungs- wie des Weltkrieges, fragten meine Eltern: „Warum weiht ihr euren Sohn nicht in die Probleme der Kindervermehrung nach den Anleitungen des Genossen Friedrich Engels ein!" Mama antwortete: „Ist das denn nicht zu früh für ihn!" Sie sagten: „Nein!" und wollten mir gleich ein furchtbar speckiges Büchlein mit Bildern zeigen. Opa erklärte: „Wenn es notwendig ist, gibt es da schon einen, der es ihm sagt!" Ich sagte: „Nicht nötig, ich weiß schon alles!", aber sie drohten mir, daß ich auf den Mund bekäme, wie schon so oft in meiner privaten Geschichte. In den ersten Tagen nach dem Krieg versuchten die Leute, viele alte Gewerbe zu erneuern, verschwundene Berufe aus der Vergangenheit wiederzubeleben, aber eins versuchten sie dauernd als neues zu verkaufen, nämlich die Betonung des menschlichen Körpers, das Gewerbe der Liebestätigkeit beziehungsweise das Männergewerbe. Die Soldaten sagten: „Mensch, das haben wir wie Männer durchgestanden!" Papa sagte: „Ach wirklich!" Die Soldaten erklärten: „Und jetzt bleibt uns auch noch Zeit zum Rumschäkern mit Mädchen, mein Gott, was ist das schön!" Onkel antwortete: „Was ihr mir in dieser kurzen Zeit nicht alles erzählt habt!“ Einer von ihnen, ganz rot im Gesicht, behauptete: „Ich hab’ gar nicht gewußt, was alles an ihr dran ist, wenn sie die Hose auszieht, weil das war gegen unsere Vorschriften!“ Die fröhlichen Burschen in den Uniformen, völlig aufgeschlitzten, strömten herbei, um dem Onkel zu erzählen, was man alles mit einem Mädchen anstellen kann, das die Hose ausgezogen hat und obendrein noch willig ist. Opa sagte: „Ausgerechnet ihm wollt ihr Nachhilfe geben!“ Mir fiel auf, daß es unterschiedliche Meinungen über den Umgang mit dem weiblichen Geschlecht gab, dem für mich noch immer verbotenen, dennoch, das Gewerbe der Männlichkeit, das neu entdeckte, blühte sehr schnell auf. Major Jovo Sikira verkündete: „Ich werde mich wieder mit Seife waschen, selbst wenn sie aus gekochten Hunden ist!“ Mama antwortete: „Das ist sehr lobenswert!“ Er fuhr fort: „Wir fangen jetzt an, uns zu pflegen, weil wir genug haben von der Uniform und dem schweren Leben im Kriegsdreck!“ Leutnant Simo Zec fügte hinzu: „Wir werden auch Krawatten tragen und Hemden aus Nylon, das wo unsere Verbündeten erfunden haben!“ Opa fragte: „Was wollt ihr denn damit!“ Er erklärte, kurz: „Zwecks Teilnahme an verschiedenen Delegationen!“ Alles arbeitete der Erneuerung dieses Metiers in die Hände, dieses für Männer bestimmten, das es offensichtlich auch schon früher gegeben hatte, nur hatten viele noch nicht von ihm gehört. Mama seufzte: „Ich weiß, wohin das führt, aber ich hab’ gedacht, mit der Hurerei hört es auf, wenn das Gemetzel vorbei ist!“ Die Kämpfer beteuerten: „Keine progressive Idee in der Menschheit ist ohne Männlichkeit in die Praxis umgesetzt worden. All das hat der Genosse Lenin durch viele eigene Beispiele bestätigt!“ Opa sagte: „Das hab’ ich gar nicht gewußt!“ Genosse Jovo Sikira erklärte: „In der Zukunft werden die Leute ganz nackt herumlaufen, angesichts der künstlichen Beheizung des Raums, der Straßen wie auch der Felder!" Mama sagte: „Gott sei Dank, daß ich das nicht mehr erlebe!" Leutnant Simo Zec ermahnte sie: „Sag das nicht zweimal!"

Dann begannen sich die Soldaten Schnurrbärte wachsen zu lassen, einheitliche und an den Seiten gestutzte, all diese Schnurrbärte waren wie von einem Bild. Die Tanten sagten: „Sie haben nie Ronald Colman und die anderen Helden von der Filmleinwand gesehen!" Opa sagte: „Ich weiß bloß nicht, wie die Frauen sie erkennen, wenn sie alle gleich sind!" Onkel fragte: „Welche Frauen!" Daran merkte man, daß das Männergewerbe im Sinne des Schnurrbartwachsenlassens rasant fortschritt, aber ansonsten sehr langsam. Onkel hatte viele Einwände gegen das Benehmen und die Arbeiten der Männer im Jahr fünfundvierzig und in den Folgejahren, aber er sagte nur das: „Damit mußt du geboren sein, oder es hat keinen Wert!" Im Kino protestierte Onkel allerdings weiterhin, wenn sich die Liebenden auf der Filmleinwand schlecht benahmen, und sagte: „So nicht!", wodurch das ganze Publikum, hauptsächlich das soldatische und männliche, völlig aus der Fassung geriet.

Und gerade als das Ansehen einer Kunst, der männlichen, langsam wieder wuchs, tauchte unser Vetter Đuro Krajnović auf und begann gleich damit, seine Armmuskeln, seine unnormal entwickelten, vorzuführen: „Habt ihr irgendwann schon mal was Ähnliches gesehen!" Die Tanten sagten: „Außer im Film noch nie!" Onkel fügte hinzu: „Muskeln sind nicht alles!" Papa schloß: „Wofür sich der Vernünftige schämt, darauf ist der Verrückte stolz!" Onkel betrachtete den feinen Anzug unseres Vetters Đuro Krajnović, eines Mannes vom

Scheitel bis zur Sohle, dann sagte er fast für sich: „Was alles für Klötze es zu ganz neuen Trenchcoats und ähnlichem gebracht haben, und ich gehe in Lumpen!“ Onkel bürstete seinen Anzug aus dem Jahre 1939 und sagte: „Wenn schon, einen englischen Stoff erkennt man auch noch nach zehn Jahren, das ist doch wohl klar!“

Unser Vetter Đuro Krajnović fragte uns: „Wollt ihr, daß ich euch Erlebnisse aus meiner Jugend und Schulzeit mit geistreichen Einschüben und Witzen erzähle!“ Wir sagten: „Au ja!“ Der Vetter fragte: „Hab’ ich euch irgendwann schon mal von meinen Freunden erzählt, die jede Frau auf der Straße ansprechen und ihr Schutz während der Kinovorstellung, aber auch danach anbieten!“ Mama antwortete: „Noch nie, aber ich kann’s mir vorstellen!“ Der Vetter fuhr fort: „Es gibt Dinge, die können nur wir vollbringen, wir Männer.“ Ich sagte gleich: „Wie zum Beispiel das Kindermachen!“ Alle sagten: „Iju!“, nur Onkel meinte: „Das ist doch normal!“ Đuro Krajnović demonstrierte nach wie vor seine übermäßige Kraft, all das sah man an seinem Räuspern, seinem Reden im Baß, wie auch an seinem aufgeknöpften, für ihn zu engen Hemd. Đuro Krajnović rutschte infolge eines übermäßigen inneren Bedürfnisses auf seinem Stuhl hin und her, sprach über viele Männersachen, am liebsten sagte er: „Ich brenne richtig, so heiß ist mir!“ Opa wollte ihm gleich das Wort abschneiden: „Das kommt vom Fressen und Saufen!“, aber er sagte das erst im Nachhinein. Auch der Onkel sagte über den Vetter erst später: „Das sind die Leute, die auf der Straße gehen und furzen wie Pferde!“ Mama meinte: „Mir kommt es so vor, als würde er dampfen, so stark ist er!“ Die Tanten sagten: „Aber er ist so geistreich!“ Mama fragte sich: „Ich weiß nur nicht, woher er die ganzen Sachen weiß!“ Opa antwortete: „Aus dem Bordellboten!“ „Der Mensch ist seiner Zähigkeit nach wie ein Pferd!“ sagte Mama, und das schien völlig zu stimmen. Die überaus schweren Kriegsjahre hatten die Menschen mit einer tierischen Zähigkeit überstanden, und dabei hatten sie versucht, Söhne des Landes, mit einem Wort: Männer zu bleiben. Sie begannen sich von neuem zu rasieren, sich kräftig zu räuspern, männlich, Erlebnisse mit Personen des anderen Geschlechts, sehr komplizierte, zu erzählen. So erfuhren wir von vielen Fällen, wo Hosen aufgeknöpft worden waren, sogar unter schlimmsten Bedingungen. Wir hörten alles von den Heldentaten mit der Frau des Bankangestellten, der als Verräter erschossen worden war, Onkel sagte neidisch: „So ist das ja keine Kunst!“

Es war das Jahr fünfundvierzig, das Jahr der Erneuerung vieler alter Berufe. Die Gewerbe waren alt, sehr viele Male erprobt, nur eins versuchten sie als völlig neues, bis dahin nicht existierendes zu verkaufen, das Männergewerbe. Lediglich mein Onkel bemerkte den Schwindel in alldem. Dann hörten wir, daß Ružica Milivojević dem Vetter Đuro Krajnović mit ihrer Schere, ihrer Friseurschere, die Hoden abgeschnitten hatte. Onkel fragte: „Und was nun!“ Man sah, daß das Gewerbe der ruhmreichen Mannsleute trotz momentaner Rückschläge und großer Opfer Fortschritte machte. Das liegt in seiner Natur.

Über die Gesundheit und das Heilen

Mama prahlte: „Wenn ich niese, fühle ich mich zwanzig Jahre jünger!“ Opa sagte: „Und ich lasse gleich die Pfanne mit zwei gebratenen Eiern fallen!“ Die Tanten niesten sehr selten, wie auf Katzenart. Papa nieste nur einmal, und zwar von kaltem Bier. All das waren Töne, natürliche, aber beängstigende. Mama sagte: „Ich hab' jahrelang in einem Büchlein die schrecklichsten Krankheiten notiert, von denen ich gehört hab', nur hab' ich es später verloren!“ Opa brüllte gleich: „Wer hätte dir das auch geglaubt!“ Sie fuhr fort: „Zum Beispiel, daß ein Kind ohne Körper, Glieder und überhaupt Beine, nur mit Kopf auf die Welt gekommen ist!“ Dann sagte sie: „Später zeigten sie es in einer Fünfliterflasche!“ Die Tanten bestätigten: „Alles ist möglich!“ Mama war nicht zu bremsen: „Und was sagt ihr zu dem Mann mit den zwei Köpfen, der sich überhaupt nicht bewußt ist, wer er ist!“ Papa erzählte: „Mir haben sie in der Kneipe gesagt, daß die Menschheit in Wirklichkeit krank ist oder so ähnlich!“ Opa meinte: „Da mische ich mich nicht ein!“ Ich sagte: „Wir haben versucht, eine Freundin von uns im Keller zu operieren!“ Alle riefen: „Wie!“ Ich antwortete:

„Mit einem Strohhalm und Höschenausziehen!“ Die Tanten begannen gleich Opernarien aufzuführen, die es überhaupt nicht gab. Mama sagte: „Was wollte ich doch gleich sagen!“ Onkel sah sie an und meinte: „Ich hab’ ja schon immer gesagt, daß ein Mann aus ihm wird, und zwar bald!“

Um aufrechterhalten zu werden, brauchte das menschliche Leben dauernd Hilfsmittel von irgendwoher, hauptsächlich künstliche, wie z. B. Geld, Essen und das wichtigste Mittel beziehungsweise Gesundheit. In der Nachbarschaft hatte keiner auch nur einen lumpigen Dinar, ähnlich verhielt es sich mit dem Brot, was die Gesundheit betraf, war Opa entschieden: „Alle sind gesund wie die Pferde!“ Dennoch kam Mama ständig mit schrecklichen Berichten über die verrücktesten Krankheiten an, die verschiedene, uns noch unbekannte Leute heimgesucht hatten. Die Tanten erkundigten sich: „Ist das Tuberkulose!“ Mama sagte: „Wenn’s nur das wäre, das, woran sie leidet, die Arme, steht in keinem Buch, ihr Bauch ist aufgebläht und voller Wasser!“ Bei den Krankheiten, über die Mama erzählte, war immer alles Mögliche aufgebläht, angeschwollen, und ganze Körperteile fielen ab, völlig unerwartet. All das stank fürchterlich, Mama hielt sich erst die Nase zu, und dann erzählte sie, trotz der tatsächlichen Entfernung von diesen entsetzlichen Ereignissen. Die Tanten schauten durch das trüb gewordene Fenster, dasselbe geschah mit ihren Augen. Sie sagten: „Wir bedauern diese Leute, obwohl wir sie nie gesehen haben!“ Onkel hatte eine Antwort parat: „Es ginge ihnen besser, wenn sie radfahren, Gymnastik machen und den Frauen nachlaufen würden!“ Opa sagte nichts, obwohl alle ganz erstaunt waren.

In unserer Familie waren die Hauptkrankheiten: der Mangel an Nahrung, das Verbot, russische Lieder zu singen,

Onkels Husten sowie Zahnweh, das von Mama. Und dennoch roch alles nach noch schwereren und gefährlicheren Dingen. Im Haus schlichen die Freundinnen der Tanten mit geheimen Handbüchern über Erste Hilfe umher, und alles lief darauf hinaus, wie man ein Bein oder einen Kopf verbindet, falls eine Kugel durchgeht. Mama hatte verschiedene Fläschchen, darin befanden sich Elixiere gegen nichtexistierende Krankheiten, wie auch das wichtigste, ein Elixier gegen den gewaltsamen Tod, gebraut aus Schnaps und Knoblauch. Mama nahm die Heilmittel zu verschiedenen Tages- und Jahreszeiten ein, je nach Bedarf. Immer erläuterte sie: „Das ist nach der Lehre von Jovanović Batut, dem Hüter der Volksgesundheit aus dem letzten Jahrhundert!" Mama erklärte: „Er hat ein Buch geschrieben, wie man sich die Hände wäscht und im Bett schläft!" Opa krächzte: „Das werd' ich ja wohl wissen!" Onkel sagte zu ihm: „Um so besser für dich!" Mama sagte: „Wieviel Krätze hat der verstorbene Doktor Batut doch durch einfaches Schmieren auf die Haut oder worauf man es gerade brauchte geheilt!" Mama nötigte alle im Haus, sich mit stinkenden Salben einzuschmieren, bittere Pillen zu schlucken, den Hals mit faden Wässerchen auszuspülen, obwohl ihnen nichts fehlte. Papa sagte gleich: „Das kommt nicht in Frage!" Mama fragte: „Wie kommt's, daß ich all das verwende, seit ich denken kann, und ich nichts habe!" Opa schnauzte: „Deine Sache!" Dann verkündete Mama triumphierend: „Eine Bekannte nimmt mich mit ins Sanatorium Živković, damit ich eine Blinddarmoperation sehe, was mich sehr interessiert!" Die Tanten sagten: „Schon allein von dem Gedanken wird uns schlecht!" Mama gestand: „Ich wollte dem Tod schon immer in die Augen sehen, egal von wem!" Eine bebrillte

Freundin der Tanten sagte leise: „Wenn man die Kugel rechtzeitig herausholt, werden das Bein und der Kopf wieder wie früher!“

Mama hörte nicht auf, vorzubringen, was einem von uns im Fall eines unvorhergesehenen Unglücks alles passieren könnte, Opa regte sich auf: „Mal nicht den Teufel an die Wand!“ Sie ließ sich nicht beirren: „Was, wenn einer von uns aus dem Fenster im dritten Stock fällt!“ Opa sagte: „Ich lehne mich nicht hinaus!“ Mama zeigte, was sie aus einer Zeitung, einer schon alten, herausgeschnitten hatte: „Schaut mal, wie dieses Scheusal der alten, schwachen Kaffeeverkäuferin den Kopf abgerissen hat!“ Papa sagte: „Das erzählst du mir, wo ich doch ständig bei ihr eingekauft habe!“ Mama fügte hinzu: „Und eine angesehene Besitzerin vieler Häuser wurde schon verwest in ihrem Keller gefunden, verstümmelt von ihrem undankbaren Diener!“ Opa sagte: „Eine schöne Erziehung gibst du deinem minderjährigen Sohn!“ Mama verteidigte sich: „Man muß lernen, daß das Leben kein Zuckerschlecken ist, sondern voller Schrecken und Blut, das ununterbrochen fließt!“

Mama taten die Zähne weh, das war fast die wichtigste Krankheit in unserer Familie. Sie sorgte sich jedoch um die Gesundheit von uns allen, trotz unserer Undankbarkeit. Mama versuchte, Papas Alkoholismus, Onkels übertriebenes Interesse für das weibliche Geschlecht und Opas Hunger auf Brot, nicht vorhandenes, zu kurieren. Mama versuchte, die Krätze in der Nachbarschaft zu kurieren, aber sie bekam einen Ausschlag an den Händen und gab es auf. Man sagte ihr außerdem: „Wir und Krätze, was erzählen Sie da, schämen Sie sich!“ Mama gab Ratschläge, wie man dem Sohn der Flußschiffahrtskapitänin, der seinen Fuß verstaucht hatte, helfen könnte. Die Kapitänin sagte: „Lassen Sie mein Kind in Ruhe!“

Dann brachte Mama einen Pilz mit, einen japanischen. Der Pilz war groß, grünlich, ganz durchsichtig, er wurde in einem Glasgefäß voll mit lauwarmem Wasser aufbewahrt. Mama stellte das Gefäß auf den Tisch und verkündete: „Das ist eine Medizin gegen alle Krankheiten, ich hab' sie billig bekommen!“ Wir saßen im Kreis und begannen, uns das gefährliche Ding in dem Gefäß anzuschauen, der Pilz schwebte ruhig, breitete seine Fühler aus, wuchs vor unser aller Augen. Opa behauptete: „Ich wette meinen Kopf, daß er beißt!“ Mama klagte: „Hab' ich etwa dafür mein letztes Geld ausgegeben!“ Alle schwiegen, beschämt. Ich erinnerte mich an Onkels Mandeln, die in einem Fläschchen geschwebt hatten, wie auch an ein paar andere Teile menschlicher Körper, die ich auf einer ähnlichen medizinischen Ausstellung gesehen hatte. Mama kündigte an: „Und jetzt probieren wir ihn!“ Sie holte Tassen und begann sie mit dem Zeug aus dem Gefäß zu füllen. Opa widersetzte sich: „Das fällt mir gar nicht ein!“ Mama trank als erste ihre Tasse leer, klopfte sich leicht auf die Brust und sang leise: „Ich bin gleich schon stärker!“ Onkel sagte: „O ja, damit ich impotent werde!“ Papa fragte: „Das muß ein Geheimmittel sein, das dir nachher auch den besten Wein vergällt!“ Schließlich begannen wir alle zu schlürfen, langsam, ängstlich und ohne uns auf die Brust zu klopfen. Papa mahnte: „Und wenn sich das Kind davon einen antrinkt!“ Mama antwortete: „Es wäre besser, du würdest nur diesen Pilz trinken!“ Die nahrhafte japanische Pflanze in unserem Gefäß wuchs immer weiter. Dann begann man, sie zu versetzen. Der Pilz wurde von einem Gefäß ins andere umgetopft, als es keine größeren mehr gab, begann Mama, ihn zu zerstückeln. Sie sagte: „Das tut ihm nicht weh!“ Die Stücke bot sie in der Nachbarschaft an, und zwar völlig kostenlos, dort sagten sie zu ihr: „Wir sind doch nicht verrückt!“, aber später gaben sie nach. Es war das Jahr fünfundvierzig, das Jahr nach dem großen Krieg, in den Häusern wurde es fröhlicher, wenn auch nur allmählich. Die Fenster, von denen man das blaue Papier gegen die Luftangriffe abgenommen hatte, begann man mit Gefäßen vollzustellen, in allen schwebte Mamas japanischer Pilz, zerstückelt, aber lebendig. In diesem Jahr kümmerten sich alle um die Gesundheit, die wie ein Teil von uns allen war, nur unsichtbar. Onkel sagte: „Was habt ihr euch auch darauf kapriziert, man darf bloß keinen Tripper kriegen, alles andere ist leicht!“ Leutnant Vaculić kam und Mama bot ihm von der Tür aus an, ein wenig aus dem Gefäß mit dem Pilz zu trinken. Vaculić war müde, seine Hände waren blutig von der Verfolgung des Feindes, er setzte sich und sagte: „Ich würde lieber die Hände waschen!“ Mama drückte das Gefäß an die Brust, die Hände von Vaculić, blutig vom Krieg und von anderem Ungemach, wuschen wir mit Wasser, mit gechlortem, vom Gestank des Faschismus durch Filterung befreitem, aber Leitungswasser.

Über die Schauspielkunst unter unmöglichen Bedingungen

Die Mama von Rudika Frelih, meinem Freund, lief auf der Straße in Holzschuhen herum, mit einem gelben Band am Arm. Ich sagte: „Als ob Tante Frelihica in einem Sketch eine Jüdin spielen würde, was sie ja auch ist!" Papa versuchte den Mann zu spielen, der er war, nur nüchtern. Mama probierte bei derselben Gelegenheit, eine Frau zu spielen, die ihren Ehemann empfängt, wenn er aus der Kneipe nach Hause kommt, aber sie hatte Mitleid, alles verlief ohne jedes Geschrei. Die Mitglieder des Bundes der kommunistischen Jugend kamen an unsere Tür und mimten Verkäufer nichtexistierender Seifen, dann sagten sie: „Die Schwabos werden für alles zahlen!" Wir wollten klatschen, sie sagten: „Nicht nötig, laßt das!" Die Tanten meinten: „Wir könnten die zwei kleinen Schwestern spielen, die verlassen auf einer öden Insel warten, bis das Schiff mit dem schönsten Kapitän, mit Alfred Manjou, kommt, aber wir wollen nicht!" Im Jahr vierundvierzig, unmittelbar vor Kriegsende, gelang es Opa schließlich, eine schwarze Schmiere zum Färben von Schnurrbärten, eine künstliche, zu produzieren. Opa schmierte seinen Schnurrbart ein, schaute sich im Spiegel an und sagte: „Ich kenne mich ja selbst nicht mehr!“ Mama meinte: „Das ist alles wie in einem Stück über ein Leben im Elend!“ Ich sagte: „Ich erinnere mich an die Theateraufführung, wo sie die geheimnisvolle Pastete Suzurena entdeckt haben, die sie einem Prinzen weggenommen und gegessen haben!“ Mama gab mir den Rat: „Vergiß alles, was schön war, und tu, als ob du etwas ganz anderes fühlen würdest!“ Dennoch erinnerte ich Mama an eine Vorstellung, in der das Licht ausgegangen und auf der Bühne ein blondes Mädchen in einem Seidenkleid und mit Ketten erschienen war. Mama war im Dunkeln an meiner Seite gewesen und hatte mir zugeflüstert: „Das ist Jugoslawien, aber sei still!“ Die Vorstellungen fanden vormittags statt, wegen der Kinder. Ein Schauspieler trat auf einer Veranstaltung auf, wo er zwölf Rollen zu spielen hatte, darunter eine Mutter und einen Sohn, der fortgeht. Der Schauspieler wechselte ständig den Platz und veränderte seine Stimme, mal war er die Mama, mal ihr eigener Sohn. Als erstes sagte er: „Mein Sohn, nun gehst du fort!“ und anschließend: „Ja, Mutter, weil ich muß!“, keiner im Saal verstand das, aber alle waren hochzufrieden. Der Schauspieler war sehr verschwitzt, aber er verneigte sich hinterher. Mama sagte: „Der Arme!“ Dann streichelte sie mir den Kopf und verriet: „Das schönste Theater war für mich, als du den Prinzen mit der Rose, der wie Blut roten, gespielt hast!“ Es war eine künstliche Rose gewesen, aus Papier, die Tanten hatten sie gemacht, sehr sorgfältig. Die Blume war Bestandteil einer wunderbaren Komödie aus einem Kinderleben von einem unbekannten Autor. Alle in der Schule wußten von Mamas sehr feiner Handschrift, sie fragten sie: „Geben Sie es zu, diese Sache ist von Ihnen!“ Mama antwortete: „Schön wär’s!“, so blieb der Name des Autors unbekannt, wenngleich geheimnisvoll. Es waren noch andere Jungen mit einer Blume da, insgesamt waren wir zu acht, aber Mama war sich sicher: „Du bist der Schönste!" Sie zogen uns Samtanzüge an und schoben uns auf die Bühne. Dort war ein Mädchen mit einer Puppe in den Händen, ein wenig verweint. Als hätte uns jemand einen Fußtritt gegeben, standen wir plötzlich vor ihr, dann sangen wir: „Eine schönere Rose gibt es nicht mal in Stambul!" Manche reichten dem verweinten Mädchen die Blume, andere nicht, aus Vergeßlichkeit. Dann war alles zu Ende. Später gestand Mama: „Wenn ich aus dem Theater komme, bin ich sehr traurig, weil ein Teil von mir immer im Theatersaal zurückbleibt!" Dann begannen die Tanten, Fröhlichkeit zu spielen, wenngleich ziemlich ungeschickt. Onkel versuchte ständig, den „vornehmen Herrn und Verführer", zu mimen, so etwas wie einen Sketch aus dem Alltagsleben, ungeachtet seiner abgewetzten Kleidung. Papa gelang es nach mehrjähriger Übung, die Rolle „Ich bin nüchtern" zu vervollkommnen, lediglich Mama konnte unterscheiden, was daran Schauspiel und was grausame Wirklichkeit beziehungsweise Trunkenheit war. Im Haus begannen alle, sich ungewöhnlich, künstlich, d. h. künstlerisch zu benehmen. Mama rechtfertigte sich: „Ich wäre am liebsten natürlich, aber das ist heutzutage ja unmöglich!"

Im Stockwerk unter uns führten sie viele Veranstaltungen durch, am liebsten mochte ich eine, die Onkel „Tischumkippen" nannte. Diese Veranstaltung war im ganzen Haus zu hören, dabei gingen viele Teller und anderes zu Bruch. Es gab auch andere Nummern, wie z. B.: „Spucken unter Verwandten", „Stuhl-am-Kopf-zerbrechen". All das führten die Leute unter uns durch, auf mich wirkte das immer noch wie Theater, trotz des ganzen Blutes. Die Tanten nahmen ihren Platz am Fenster ein und sagten: „Wir müssen überhaupt nicht ins

Kino!“ Im Haus geschah auch dies: „Sterben an Tuberkulose“. Das spielte sich im vierten Stock ab. Von dort vernahm man ständig irgendwelches Husten und Flüche. Im Erdgeschoß konnte man die bekannte Szene: „Der Bankangestellte, der zur Flußschiffahrtskapitänin kommt,“ beobachten, so etwas wie eine Nachmittagsveranstaltung. Die Tanten meldeten: „Da ist er!“ In der Wohnung neben uns spielten sich Szenen ab, die Mama als „Gespräch mit meiner Tochter, der Schlampe“ bezeichnete. Das Gespräch bestand darin, daß die Körperteile der Tochter und ihr Gebrauch durch andere Leute, hauptsächlich Soldaten, erwähnt wurden. All das war wie eine Rezitation, die der Vater dieser Tochter vortrug, und danach gingen sie dazu über, alles kurz und klein zu schlagen. Später hörte auch das auf.

Es war das Jahr vierundvierzig, ein in vieler Hinsicht unwahres beziehungsweise gespieltes. Adolf Hitler tauchte in einem faschistischen Journal in einer Theateruniform und mit einem künstlichen Schnurrbart auf. Adolf Hitler begann, mit den Händen herumzufuchteln und etwas über einen Sieg der deutschen Panzer an allen Fronten zu rezitieren, alle klatschten, als sie ihn sahen. Auf dem leeren Gelände hinter dem Haus führte ein vor dem Krieg auf einer Pariser Ausstellung ausgezeichneter Volksmanipulant, genannt „Der Chinese“, einen Sketch über einen Kleptomanen auf, der aus nervlichen Gründen in einer Glaswarenhandlung klaut. Wir beziehungsweise das Publikum waren ebenfalls sehr zufrieden. Faschistische Agenten saßen in den Kneipen und erzählten Witze gegen die deutsche Ordnung, Onkel warnte: „Das spielen die nur, und sobald einer lacht, verhaften und schlagen sie ihn gleich!“ Im Jahr vierundvierzig, unmittelbar vor dem Herbst, gab man in allen europäischen Theatern, aber auch anderswo, Stücke wie

„Kriegszustand“, „Das Sterben der gequälten Menschheit“ und ähnliche, die Stücke wurden von Typen aufgeführt, die mit verschiedenen Uniformen kostümiert und keine Schauspieler waren, sondern Soldaten, ganz echte. Die übrigen Bühnenkünstler, Leute, die oftmals die größten Worte der Menschheit ausgesprochen hatten, wenn auch falsch, saßen in unserer Küche und rezitierten das traurige Gedicht von William Shakespeare über den Tod eines in einem See ertrunkenen Mädchens. Die Tanten gestanden: „Das ist ja schrecklich!“ Die Leute erklärten uns den Wahn eines Königs auf Schauspiel-, Theaterweise. Mama zeigte uns: „ Ich hab’ eine richtige Gänsehaut bekommen!“ Dann fragte sie: „Warum macht ihr eigentlich nicht die Augen zu und kehrt auf die Bühne des Nationaltheaters zurück, auch wenn die Logen voller deutscher Bestien sind?“ Sie sagten zu ihr: „Sollen wir etwa in dem elenden Vaudeville Sonne, Meer und Frauen spielen, wo alles andere in Flammen steht!“ Mir war gleich aufgefallen, daß unsere Schauspieler nicht echt waren, sondern nur das spielten, was sie sein wollten. Und doch saßen sie neben dem Herd, der mit Hilfe eines mit Petroleum getränkten Lappens funktionierte, und sagten zueinander: „Was soll ich jetzt sagen!“ Onkel erklärte: „Sie wissen nicht, wie sie mit ihrer Rolle beziehungsweise ihrem Privatleben weitermachen sollen!“ Mama gestand: „Das ist am schwersten!“ Die unbekannten Schauspieler unseres Volkes, die aus ihrem unsicheren Fach hinausgeworfen worden waren, versuchten, sich in einen völlig neuen Inhalt einzufügen, in einen familiären, fremden beziehungsweise in unseren. Ich probierte aufs neue, das einzige Theaterstück, das ich kannte, aufzuführen, das mit der Übergabe eines Geschenks an ein Mädchen, das den Geburtstag seiner Puppe feierte. Onkel erzählte: „Die Leute mimen vor dem Erschießen größte

Tapferkeit, fangen aber im letzten Moment zu weinen an, wenn es schon zu spät ist!“

Ansonsten waren die Schauspieler ganz gewöhnliche Leute, kein bißchen anders als wir, außer daß sie gekünstelt und sehr laut sprachen. Opa regte sich auf: „Ich weiß nicht, wer hier taub ist!“ Die Tanten sagten: „Aber Papa, das verstehst du nicht!“ Die Schauspieler erzählten gewöhnliche Dinge, die jeder kennt, egal, manche Wörter klangen blöd, als wären sie betrunken oder als täte ihnen plötzlich etwas weh. Manche Buchstaben schrien sie besonders laut, wie z. B. das „P“, was dem Öffnen einer Bierflasche glich. Opa verkündete: „Wenn ich so sprechen würde, wäre ich nach zwei Wörtern müde!“ Die Schauspieler erklärten: „Das ist eine Sache der Gewohnheit beziehungsweise des Trainings!“ Mama sagte: „Gott bewahre, daß mein Mann Schauspieler wäre, da wüßte ich nie, was er denkt und was er mir als Frau gegenüber empfindet!“ Die Tanten sagten: „Wir wären glücklich, wenn alle um uns herum gekünstelt reden würden!“ Opa drohte: „O ja, damit wir vollends verrückt werden!“ Mama sagte danach: „Wenn ich durch irgendein Glück Schauspielerin am Theater sein könnte, würde ich privat das einfache Leben beibehalten!“ Die Schauspieler belehrten sie: „Das glauben Sie nur, aber es ist illusorisch!“ Sie antwortete: „Dann ist es besser, daß ich diese Stufe nie erreicht habe!“ Die Schauspieler sprachen nach wie vor laut, sperrten ihren Mund dabei ganz weit auf. Onkel erkundigte sich: „Habt ihr das im Dramatischen Studio gelernt oder privat!“ Sie sahen sich an und antworteten, ziemlich traurig: „Privat!“, was soviel wie nirgends bedeutete. Die Schauspieler versuchten dennoch, uns das allergewöhnlichste Zeug zu erzählen, aber das kam bei allem seltsam, künstlich und völlig umgedreht heraus. Die

Tanten sagten: „Wenn wir nur einen Bruchteil Ihrer Kunst, d. h. der Theaterkunst, beherrschen würden, käme uns keiner gleich!“ Die Schauspieler trösteten sie: „Was wollen Sie damit, liebe Fräuleins, nach dem Krieg wird man diese überaus schwere Profession womöglich überhaupt nicht erneuern, glauben Sie uns!“ Sie antworteten: „Trotzdem!“ Die Tanten sagten: „Wir haben einmal auf einer Schulfeier einen Sketch mit einem Friseur aufgeführt, der falschen Schaum aus geschlagenen Eiern schleckt!“ Die Schauspieler sagten: „Von uns denkt man viel schlechter, als es gerecht ist, aber was soll's!“ Die Tanten baten: „Rezitieren Sie uns doch das einleitende Kapitel zum Poem Faust, diesem sehr bärtigen und klugen Mann!“ Sie fragten: „Jetzt etwa!“ Statt dessen sagten uns die Schauspieler: „Schaut in dieses Kuvert, wir haben ganz billig ein sehr wertvolles Armband gefunden!“ Die Tanten ergriffen das Kuvert, aus dem eine Garnspule herausgeflogen kam, die mit einem Gummiband straff gespannt war, die Tanten ließen gleich alles fallen und kreischten vor Angst. Danach sagten die Schauspieler: „Faß mal meinen Muskel an, damit du siehst, wie hart er ist!“ Onkel berührte diese Stelle, da spritzte ein Wasserstrahl aus einer geheimen Pumpe heraus, direkt in Onkels Nase. Alle rangen nach Luft vor Lachen, Mama sagte: „Die armen Volkskünstler, woran müssen sie ihr großes Talent verschwenden!“ Onkel fragte: „Merkst du denn nicht, daß die alle vom Zirkus sind und vom Theater keinen blassen Schimmer haben!“ Die Schauspieler sahen ihn an und sagten beleidigt: „Das denken Sie bloß!“ Die Schauspieler holten gleich Plakate von einem großen Gastspiel im kleinen Knjaževac hervor, zur Aufführung des Todes von Miloš Obilić und anderer Größen der Vergangenheit. Opa wunderte sich: „Wer hat euch denn das gedruckt!“ Ich erzählte: „Ich hab' einen Mann gesehen, der sechs verschiedene Tiere spielt, indem er in irgendwelche Säcke schlüpft, in natürlich gefärbte!" Mama schloß: „Was der Mensch alles aushalten kann, hält nicht einmal ein Elefant aus!" Die Schauspieler behaupteten: „Wir haben auch einmal einen Elefanten gespielt, und zwar zu wohltätigen Zwecken!" Onkel grinste: „Ich hätte euch noch einen Rüssel dazugeben können!", aber das verstand keiner.

In den ersten Tagen nach der Befreiung fragten wir unsere Befreier, ob sie etwas auf einer Bühne aufführen könnten, Jovo Sikira schrie: „Ich kenn' nur eins, und das erfüll' ich durch die Abteilung Volksschutz, Punkt fertig aus!" Andere Veranstaltungen liefen zum Beispiel ab, indem Literaten auf die Bühne stiegen, ein Glas Wasser aus einem Krug tranken und ein Ereignis vorlasen, das nie passiert war. Wir riefen: „Zum Wohl!", und so lasen sie von neuem, und am Ende tranken sie wieder aus dem Krug. Ich sah auch ein sowjetisches Theaterstück mit dem Ringkampf zweier Zwerge in Volkstracht, von denen am Ende einer ein Mensch und Künstler wird, der sich verneigt. Danach sah ich den lustigen Film „Nackte Vision" mit der Entblößung eines Frauenkörpers an einem See, bei Mondenschein. Ich bekam eine Eintrittskarte für eine Gesangsveranstaltung der Tatjana Okunjevska, einer heroischen russischen Künstlerin. Sie zog sich überhaupt nicht aus, obwohl sie sehr dick war. Dann unternahmen wir es selbst, den Sketch „Befreiung Europas" aufzuführen, mit vielen Mord- und Kußszenen. Die Tanten sagten: „Die Kunst muß ihre eigenen Wege finden, selbst wenn es die unangenehmsten sind!" Für den Sketch waren viele Schauspieler notwendig, damit alle Persönlichkeiten, die siegreichen und lebendigen, aber auch die anderen, die bereits toten, dargestellt werden konnten. Die Tanten rieten Opa: „Mach du den Roosevelt, wegen des Alters und weil dir die Beine wehtun!" Onkel verkündete: „Ich hab' mir schon den Schnurrbart von Jossif Stalin angeklebt, ihr werdet euer blaues Wunder erleben!" Für Papa blieb lediglich die Rolle von Winston Churchill, wegen seines Bäuchleins und seines Stotterns infolge von Trunkenheit, was dem Englischen ähnelte. Mama wollte Königin Victoria und all ihre psychischen Erkrankungen spielen, aber man überzeugte sie, daß diese in den neu entstandenen Verhältnissen keine Rolle spielte, zumal sie vor fünfzig Jahren beerdigt worden war. Mama sagte. „Egal, was ich anfasse, immer ist alles falsch!" Onkel in Gestalt von J. Stalin verkündete: „Ich muß brüllen, damit ihr alle vor Angst in die Hosen scheißt!" Mama kam schließlich auf die Idee, Europa selbst zu spielen, hungrig, durchgefroren, an einem Arm verletzt, das auf einem Stein sitzt und weint. Von den Kämpfern der Einundzwanzigsten Serbischen Division liehen wir uns Maschinengewehre russischer Herstellung für die Eroberung Berlins, das in Wirklichkeit noch immer nicht erobert war. Ich bat: „Ich will Hitler spielen, aber ich hab' keinen Schnurrbart!" Mama sagte: „Mein Sohn, du bist zu schön, um so ein Scheusal zu spielen!" Das Scheusal spielte dann Miroslav, aus dem Erdgeschoß links. Miroslav hielt sich einen Kamm unter die Nase und begann wie ein Irrer zu schreien, alle klatschten. Miroslav konnte kein Deutsch, aber er brüllte, spuckte, stampfte mit dem Fuß, und das genügte. Mein Onkel in der Rolle von Jossif Stalin versuchte, ihn zu überschreien, aber es gelang ihm nicht. Miroslav, mein Freund aus dem Erdgeschoß, setzte seine Wahnsinnsrede an die Bewohner des unterjochten Europa, das bereits weitgehend befreit war, fort. Die Freunde, die die russischen Befreier spielten, konnten sich nicht zurückhalten und feuerten aus den geliehenen Waffen, allerdings waren die Kugeln im Unterschied zu der ganzen Szene echt und durchaus tödlich. Miroslav fiel durchlöchert hin, mit einem Lächeln auf den Lippen, der Kamm glitt ihm aus der Hand und zerbrach sogleich. Jovo Sikira kam hereingerannt und brüllte: „Was ist los mit euch, um Himmels willen!“, aber jede Hilfe kam zu spät. Jovo Sikira nahm gleich die geliehenen Maschinengewehre an sich, wir alle beziehungsweise die Schauspieler begannen zu heulen wie die Schloßhunde. Genosse Jovo Sikira beruhigte sich etwas und verkündete: „Er ist nicht der erste und nicht der letzte, der auf dem Feld des künstlerischen Aufbaus gefallen ist!“, was sich später als völlig zutreffend erweisen sollte.

Wir und die Elektriker

Meine Familie, die in der Mitte des zwanzigsten Jahrhunderts lebte, voller Kriege, Revolutionen und anderer allgemeinmenschlicher Ereignisse, schätzte alle natürlichen Elemente, wie das Wasser, die Luft usw., den größten Wert legte sie jedoch auf die künstliche Kraft elektrischer Natur bzw. des Stroms. Onkel erklärte: „Der Strom fließt wie Wasser durch einen Draht, der sich in den Wänden befindet!" Opa sagte gleich: „Lüg doch nicht!" Mama fügte hinzu: „Ernsthaft, warum hört man dann nicht, wenn er fließt!" Papa teilte uns mit: „Ich kenne einen Mann, der alle Krankheiten mit Elektrizität heilt, du mußt nur eine Türklinke anfassen!" Opa sagte: „Da bringen mich keine zehn Pferde dazu!" Onkel ergriff wieder das Wort: „Der einzige Strom, den ich ums Herz spüre, ist der, wenn ich ein tolles Weib anfasse!" Mama beklagte sich: „Wir können alle Schäden im Haus reparieren, aber Strom gar nicht!" Eine Tante sagte: „Der Tod durch Strom ist der schwerste, weil man ganz blau wird und nichts mehr von sich weiß!" und die andere: „Ich spüre den Strom, wenn ich mir zufällig den Ellbogen anschlage!" Mama erklärte: „Früher hab' ich gedacht, mein Sohn soll bloß kein Richter werden, damit er keinen zum Tode verurteilen muß, und jetzt bete ich zu Gott, daß er keinen Strom und andere Dinge anfaßt, die ihn das Leben kosten können!" Onkel sagte: „Hast du denn nicht gesehen, daß sich der Meister Ljudevit Durst beim Wechseln der Glühbirnen aus Gründen der Isolierung immer auf ein Stück Holz stellt!" Papa fügte hinzu: „Oder sie wenden einen Griff an, den nur sie kennen!" Mama meinte: „Am schlimmsten ist für mich, daß ich nie weiß, wann ich einen Schlag bekomme, weil meine Hände immer naß sind vom Geschirr- und Wäschewaschen!" Ich verkündete: „Wir haben den Strom in der Schule anhand einer Zeichnung durchgenommen, die keiner verstanden hat!" Papa sagte: „Ich wette, daß ich den Draht mit der bloßen Hand anfassen kann und mir nichts passiert!" Alle schrien: „Nein!" Papa ließ sich nicht beirren: „Ich getrau' mich, was sich viel Klügere als ich nicht getrauen!" Papa stieg auf die Nähmaschine und begann dann die Glühbirne herauszuschrauben. Er sagte: „Jetzt stecke ich den Finger in den Steckkontakt!" Wir packten ihn zuerst an den Beinen, aber dann schrie Opa: „Auch wer ihn hält, geht drauf!" Wir flüchteten alle in verschiedene Winkel der Küche, Papa steckte den Finger in die elektrische Öffnung, nichts passierte ihm. Opa schloß: „Das kommt vom Alkohol!" All das war im Jahr vierundvierzig. Gegen Kriegsende wurde der Strom, die elektrische Spannung von Hitlereuropa, wo auch wir uns befanden, deutlich schwächer. Die geheime und unbekannte Elementarkraft, die durch die Drähte floß, brachte meinem heldenhaften Väterchen nicht einmal eine Brandwunde bei.

Dann wurde der Strom völlig abgestellt und wir zündeten Kerzen an; in der undurchsichtigen Nacht konnte man dennoch die Bewegung der Geschichte erkennen, die Pferdchen dieser Geschichte, die Leute auf diesen Pferden. Onkel sagte:

„Das sind die Russen!“ Alle küßten sich. Mama flüsterte: „Mich durchläuft irgendein Strom!“ In den Keller kam Leutnant Vaculić mit einer Laterne in der Hand. Die Tanten sagten: „Das ist das Licht der neuen Epoche!“ Keiner hatte auch nur an die dem Wasser ähnliche Bewegung gedacht, wie sie früher durch die Drähte gegangen war, durch die Wände. Die Drähte waren herausgerissen, mit ihnen hatte man die nackten Deutschen im Hof gefesselt. Danach wurden diese mit einer kleinen Bombe in die Luft gejagt. Einige Teile, deutsche, blieben am Draht hängen, wie auch ein Schalter, ein vergessener. Onkel verkündete: „Wir finden auch im Dunkeln unsere Freiheit, oder!“ Die Soldaten ermahnten ihn: „Red keinen Quatsch!“

All das ist eine Geschichte über den Strom, die elektrische Kraft, von der niemand von uns eine Ahnung hatte. All das geschah im Jahr vierundvierzig, einem Jahr vieler Vorkommnisse, oft völlig unbegreiflicher. Leutnant Vaculić sah unsere Unentschlossenheit, er erklärte uns: „Aber der Strom des neuen Lebens, die Quelle dieses Stromes wird uns erst in die Richtung alles Positiven tragen!“ Mama fügte hinzu: „Wenn bloß die Unglücksfälle bei den Reparaturen aufhören!“

Dies hätte eigentlich eine Geschichte über Viktor Merta und Miloš Obušković, die Elektriker, die Hexenmeister beim Reparieren von Schäden, werden sollen, ist es aber nicht geworden. Von den Elektrikern, die kamen und einen durchgebrannten Draht innerhalb von fünf Minuten austauschten, dachte ich wie von Magiern, aber sie tauchen in dieser Geschichte nicht auf. Statt dessen kommen in der Geschichte, wie zu bemerken war, mein Papa, meine Mama, mein Opa vor. Sie waren nicht sehr bewandert in Dingen elektrischer Natur, aber es gelang ihnen dennoch, sich in den Strom der

Epoche einzuschalten, in den funkelnden, sehr gefährlichen, von hoher Spannung. Oft geschieht es, daß eine Geschichte mit einer Sache beginnt, aber eine ganze andere dabei herauskommt. Dies ist ein solcher Fall.

Wie wir frisiert wurden

Unser Leben im Keller begann am dreizehnten Oktober neunzehnhundertvierundvierzig, einem Schaltjahr. Als die ersten Kanonen losdonnerten, sprangen wir aus den Betten und begannen in der Dunkelheit, einer beinahe ganz undurchdringlichen, zusammenzustoßen. Opa dachte zuerst an Papa und schrie: „Oje, der furzt ja wie ein Pferd!“, begriff dann aber, daß er sich geirrt hatte. Onkel und ich versuchten dieselbe Hose anzuziehen, es gelang uns nicht. Mama schrie: „Wo ist mein Kind!“ Ein Flugzeug flog im Tiefflug über uns hinweg, donnernd. Mama ließ ihr Bündel mit ein paar Fetzen fallen und warf sich gleich über mich. Ich brüllte: „Du erstickst mich!“ Danach riß ich mich irgendwie los und fand meine Schuhe. Der russische Angriff hatte sehr früh begonnen, Papa hatte es noch nicht geschafft, nüchtern zu werden. Sie trugen Papa die Treppen hinab, sachte, ohne irgendwelche Vorwürfe.

Wir schleppten alles hinunter, Betten, Töpfe, Decken. Opa stieß mit seinen Ellenbogen die Nachbarn, die er nicht wiedererkannte. Opa schrie: „Paß doch auf!“ und alles in diesem Stil. Die Leute schrien, stießen mit einigen Sachen gegen den Beton und weinten. Jemand grabschte der Hausmeistertochter an den Busen, und diese kreischte auf. Mein Freund Voja Bloša sagte: „Das is doll!“ Sie versuchten, die Frau des Schirmmachers durch die Tür zu zwängen, schafften es aber nicht, wegen übermäßiger Dickleibigkeit. Mama sagte: „Das ist Elephantiasis, die Elefantenkrankheit aus Afrika!“ Sie ließen die Frau zurück, wo sie war. Der Schirmmacher schloß seine Frau ein, zweimal, wahrscheinlich um einen möglichen Raub zu verhindern. In den Keller nahm er ein Buch mit, ein ebenso dickes. Als er sich gefaßt hatte, begann Onkel zu lamentieren: „Himmel noch mal, ich hab's nicht geschafft, mich zu rasieren!“ Opa tröstete ihn: „Was ist das denn anderes als eine Rasur, und zwar eine trockene!“

Im Keller taten wir den Kohlenberg auseinander, warfen meinen Schlitten hinaus und stellten gleich ein Bett auf, eins aus Messing. Onkel zeigte auf Papa und mahnte: „Daß ihn ja niemand zuschüttet, solange er bewußtlos ist!“ Opa sagte: „Das wäre besser für ihn!“ Mama sagte: „Schrecklich!“ und machte gleich mit dem Aufräumen unserer neuen Wohnung, unserer Kellerwohnung, weiter. Opa rannte herum und kennzeichnete all unsere Sachen, die Holzscheite, den Kinderwagen und anderes, mit Kreide, für den Fall, daß wir überleben würden. Die Friseurin Ružica Milivojević kam und fragte: „Habt ihr in eurem Verschlag einen Platz für mich!“ Opa antwortete kurz angebunden: „Verzieh dich!“ Die Friseurin erinnerte uns: „Ihr habt wohl vergessen, daß ich zu euch ins Haus gekommen bin, um euch die Haare zu schneiden, und das umsonst!“

Vor dem Morgen kamen die Deutschen, sie stolperten über die Alten, in Schals eingewickelten, schon eingeschlafenen, und leuchteten mit einer Taschenlampe alle Ecken aus. Der Schirmmacher saß unter der Treppe und las sein dickes Buch mit Hilfe einer Kerze. Die Deutschen sagten nichts. Danach kickten sie das unordentlich herumliegende Geschirr weg, stießen die Friseurin Ružica Milivojević, die mitten im Keller stand, zur Seite, luden ihre Gewehre nach, aber schossen nicht. Ich dachte, die Deutschen wollten lediglich kontrollieren, wie wir uns einquartiert hatten. Sie waren glatt rasiert und ganz nüchtern.

Als sie gegangen waren, begann der Schirmmacher über Nostradamus zu reden, über goldene Kühe, die von Osten kämen, und lauter solches Zeug, unzusammenhängend und schrecklich. Onkel ermahnte ihn: „Hör auf zu faseln!" Dann wandte er sich Papa zu, klatschte ihm auf die Wange und flüsterte: „Komm, werd' schon nüchtern, das hat doch keinen Sinn!" Papa sagte: „Werd' ich gleich!", wurde er aber nicht. Die Granaten flogen nach wie vor über die Dächer, die russischen wie die deutschen. Mama fragte sich: „Hab' ich den dreiflügligen Schrank zugemacht!" Die Tanten fügten hinzu: „Wenn wir wenigstens unser Manikürzeug für die Nagelpflege mitgebracht hätten!" Ružica Milivojević flüsterte: „Und ich meine Haarschneidemaschine!" Opa antwortete sofort: „Wer hat dich denn was gefragt!" Frau Darosava stammelte etwas und bekreuzigte sich dauernd. Die Mama von Voja Bloša schlug ihren Kopf gegen die Wand, als täten ihr die Zähne weh, taten aber nicht. Man sah gleich, daß wir alle leicht betrunken waren, obwohl man dessen nur einen, beziehungsweise meinen Papa, bezichtigte.

Das Haus schwankte in seinen Grundmauern mehr als jeder Betrunkene. Um das Klo des Sägers prügelten und stritten sich die Leute mit Durchfall, aber auch die anderen. Papa verkündete: „Es fällt mir gar nicht ein, mich unter das Pack zu mischen!" Papa ging auf unser Klo im dritten Stock, trotz der Granaten. Onkel schloß: „Soll ich etwa wegen einmal Scheißen draufgehen!“ Mama zeterte: „Sie bringen ihn um!“ Opa beruhigte sie: „Die Betrunkenen haben einen Schutzengel!“ Papa blieb lange auf unserem bequemen Klo, danach tauchte er mit einer Zeitung, einer alten, ganz ausgelesenen, unter dem Arm auf und knöpfte seine Hose zu. Dann teilte er uns mit: „Nicht mal der Aschenbecher auf dem Tisch ist von der Stelle gerückt!“ Dennoch schwankte er ein wenig und schrie laut. Eine Granate war nah an seinem Ohr explodiert. Onkel ging auf ihn zu und befahl: „Hauch mich mal an!“ Papa hauchte ihm direkt in den Mund, aber nichts war zu riechen.

Dann kam Vujo Dingarac in den Keller gerannt, ein Mann ohne Mütze und mit zerrissenem Ärmel. Als erstes sagte er: „Beinah wär’ ich nicht ungeschoren davongekommen!“ Danach begann er uns anzuschauen, sah Papa und warf sich ihm gleich in die Arme: „Wo steckst du denn, Laza, mein Bruder!“ Mama sagte: „Ist es möglich, daß das Herr Vujo ist, der so schöne Gedichtchen über viele Begebenheiten verfaßt!“ Vujo Dingarac antwortete: „Wer denn sonst!“ Über Vujo Dingarac sagte meine Mama immer: „Der hat goldene Hände“, obwohl es uns keineswegs gelang, herauszufinden, was sein Metier war, sein eigentliches. Vujo Dingarac hatte den schrecklichen Vorfall in unserem Badezimmer besungen, als ein Schlafanzug von Papa verbrannt war. Ebenso toll war sein Gedichtchen über Mama, die eine Torte macht, aber traurig ist. Jetzt schilderte uns Vujo Dingarac die Eroberung der berühmten Apotheke Delini durch die russischen Truppen wie auch das Geräusch, das die Kugeln verursachen, die dir um die Ohren sausen. Vujo Dingarac sagte zum Schluß voller Bedauern: „Und das schöne Bistro von Teodor Graočankić liegt nun in

Schutt und Asche, ist dem Erdboden gleichgemacht!“ Opa sagte: „Wie schade!“, aber man sah gleich, daß es ihm überhaupt nicht leid tat. Am Abend begann Vujo Dingarac, uns mit einem Schattenspiel zu unterhalten, indem er unter einer Petroleumlampe die Finger bewegte. Allein mit den Händen verstand er es, eine Gemse im Sprung darzustellen, den Flug eines unbekannten Vogels sowie einen Rüssel, den eines Elefanten, all das war vergrößert an der gegenüberliegenden Wand zu sehen. Danach zeigte er uns eine lebendige Maus, die aus einem schmutzigen Tuch gemacht war. Mama sagte gleich: „Das ist doch ein gewöhnlicher Lumpen!“, aber für alle Fälle kreischte sie auf und wich zur Seite.

Danach schien uns, als ginge das Leben weiter. Die Leute rührten sich wieder, jeder brauchte diese und jene Sache, nun nicht vorhandene. Alle beneideten meinen Papa wegen seiner Klobesuche, aber damit hatte es sein Bewenden. Ružica Milivojević strich um uns herum und sagte: „Jetzt wäre es euch willkommen, wenn euch jemand kämmen und rasieren würde!“ Alle schwiegen. Ich hatte mich schon vor dem Krieg geweigert, zum Haareschneiden zu gehen, und gesagt: „Nein, das ziept!“ Mama hatte versprochen: „Der Onkel macht’s ganz sachte, und danach geh’ ich mit dir ins Kino!“, aber ich ließ mich nicht darauf ein. Zu dieser Zeit hatte Mama begonnen, ihr Haar mit kleinen Stückchen Zeitungspapier aufzuwickeln, das nannte sie „Papilloten“. Ich hielt dieses Wort für urgeschichtlich, d. h. griechisch. Die Tanten hatten ein Eisen mit dem Namen „Kolmajz“ entdeckt, ein Gerät, um sich Filmfrisuren zu machen, das Kolmajz heizten sie auf dem Herd auf, ich hatte mir an dem Kolmajz die Finger verbrannt und war drei Tage lang nicht zur Schule gegangen.

Nun, im Keller, sah Ružica Milivojević alle um sich herum an, unsere zerzausten Haare sowie die Bärte, die bereits gewachsenen. Dann sagte sie seufzend: „Wo ist nur das Leben im Salon bei den Herren Krasić oder Kaćanski geblieben, die womöglich gar nicht mehr am Leben sind!“ Danach beschrieb sie das Firmenschild mit der Aufschrift „Damen und Herren“, voller Sehnsucht. Mama tröstete sie: „Das steht auch am Klosett, klagen Sie nicht!“ Dann mischte sich Onkel ein: „Stimmt es, daß sich alle Friseure gegenseitig an den Hintern fassen!“ Ružica Milivojević antwortete kurz: „Aber mein Herr!“

Ich fand am Haareschneiden nur den Moment gut, wo der Friseur sich verneigte und „Bitteschön!“ sagte. Eine Zeitlang dachte ich, im Friseursalon spielten sich irgendwelche Veranstaltungen ab, königliche, fast höfische. Die Friseure sprachen immer halblaut, wenn ich kam, um Papa abzuholen, der ein Handtuch umhatte und rasiert wurde. Ich dachte, das seien Gespräche aus einem französischen Stück, einem sehr ungehörigen. Die Friseure verneigten sich immer vor ihren Kunden und zeigten ihnen einen Spiegel, als warteten sie auf Applaus. Die Friseure stutzten oft auch einander die Schnurrbärte, das geschah allerdings danach, wenn die Jalousien heruntergelassen waren und sie vom Chef ihren Lohn bekamen. All das wußte ich aus Erzählungen, von Papa, von früher. Bei Papas Erzählungen fehlte immer etwas, mir schien, als gäbe es im Hinblick auf das Friseurgewerbe noch manche Sache, die ich erst noch entdecken würde, später. Dann hörten wir die Ketten der russischen Panzer, sehr nahe. Genau da fiel jemandem ein: „Wo ist denn das Fräulein, die Slowenin, die den ganzen Krieg über mit den Schwabos herumgehurt hat!“ Das Fräulein Slowenin, eine Drogistin, fanden wir in einer Ecke, sie war halb gepudert und zitterte. Vujo Dingarac richtete sich auf, holte aus seiner Innentasche eine Haarschneidemaschine hervor, eine ganz kleine, aber helle, vernickelte. Alle strahlten. Die Drogistin wurde auf ein Stühlchen gesetzt, mitten im Keller. Vujo Dingarac befahl: „Beleuchtung!“ Vujo Dingarac packte die Drogistin an den Haaren und begann sie zu scheren, bedachtsam, fachmännisch. Zum Vorschein kam ein weißer Schädel mit leichten Falten. Das Haar fiel auf den Beton, rötlich, gefärbt. Daran war zu sehen, daß der Friseurberuf zu dieser Zeit auch von den anderen ausgeübt wurde, von fast allen. Vujo Dingarac blies zwischen die Zähnchen seines Maschinchens, was bedeutete, daß die Arbeit erledigt war. Das Fräulein Drogistin ähnelte einem Jungen, einem abstoßenden, irgendwie unechten, mit geschminkten Lippen.

Vom Tor hörte man eine Stimme, eine befehlerische, neugierige. Wir gingen dorthin und sahen gleich einen jungen, mageren Partisanen in einem deutschen Hemd, mit einem englischen Maschinengewehr über der Schulter. Wir grüßten einander. Der Bursche holte Zigaretten heraus, bot sie den Leuten um sich herum an, und dann fragte er: „Kennt einer die, wo ich da auf mei'm Block steh'n hab'!“ Der Bursche zeigte einen Zettel, auf den Namen geschrieben waren, groß, mit Tintenstift. Die Leute schauten auf das Papier und schwiegen, der junge Mann drehte sich nervös um und sah den Frauen in die Augen. Dann ging er verlegen auf die Hausmeistertochter, die schwarzhaarige, zu. Er fragte: „Isses die!“ Alle sagten: „Nein!“ Ich berührte seine Tasche, aus Leder, eine richtige Soldatentasche, er sagte zu mir: „Hau ab!“

Dann führten sie die Slowenin hinaus, die Drogistin, die geschorene. Auf ihrem bleichen Schädel bildete sich eine Gänsehaut. Der Bursche stand ein wenig auf der Stelle und wurde rot. Danach holte er einen Stift hervor, spuckte darauf und strich den Namen durch.

Der Bursche drehte sich zum Gehen um, blieb aber mit dem Gewehr an der Wand hängen. Aus dem Rohr spie ein dünner Feuerstrahl, bläulich, dann rot. Der Feuerstoß vernichtete das Mosaik auf dem Fußboden, eine Kugel schlug in den Stromzähler ein, die anderen trafen die Hausmeistertochter in den Bauch. Das Mädchen beugte sich vornüber und sank mit den Knien auf den Stein. Wir sahen ihre schwarzen, fetten Därme und die herausgequollenen Augen. Sie kreuzten die Arme, legten sie darauf und trugen sie in den Keller.

Der Bursche stand verwirrt da, nahm die Mütze ab. Vujo Dingarac zuckte mit den Schultern.

Jemand rief von der Straße. Der Bursche eilte hinaus.

Zu dieser Zeit las Papa, auf dem Klo sitzend, ein paar außerordentliche Nachrichten in einer alten Zeitung, einer schon nicht mehr aktuellen, hoch oben, im dritten Stock, über allem.

Den Handelsgehilfen zu Ehren

Im Hof versuchte Voja Bloša mir einen alten Ventilator der Marke AEG zu verkaufen, ohne Schnur und leicht verbogen, er behauptete, er stamme von einem Flugzeug, das vom Himmel gestürzt sei! Für einen Propeller, Flugzeugpropeller, einen falschen, verlangte Voja Bloša hundert Dinar. Im Hof wurde mit Bildchen von Fußballern, von vor dem Krieg, gehandelt, mit Fotos von nackten schwarzen Frauen sowie mit Bildern von Vojas Mama, auch sie nackt. Am teuersten war ein Bild von ihr mit einem Zollbeamten, einem sehr bärtigen. Auf dem Bild ritt Blošas Mama auf dem Zöllner, er hatte nur eine Mütze auf, seine Dienstmütze. Opa begann sich zu erkundigen: „Woher habt ihr das denn!“ Mama sagte: „Das muß gestohlen sein!“ Onkel mischte sich ein: „Die Japaner stehlen jedes mögliche Fabrikat und verkaufen es als ihr eigenes!“ Papa erklärte: „Das ist Dumping, das ist gesetzlich geschützt!“ Die Tanten fanden das japanische Wort „Dumping“ göttlich und verkündeten: „Wir mögen am liebsten das Markenzeichen einer Firma, das aus einer Zeichnung mit einem Häuschen, Spaten oder einem Zwerg besteht!“ Papa erklärte ihnen: „Das muß sein, sonst werden sie verwechselt!“

Opa verstand nicht, was das alles bedeutete, aber er sagte: „Jeder Handel ist Diebstahl!“ Papa widersprach: „Sag doch das nicht!“ Papa zog sein Handelsbüchlein aus der Tasche, das er in seinem schon 1929 wegen Anschreibens eingegangenen Geschäft benutzt hatte. Papa behauptete: „Hier steht alles, schwarz auf weiß!“ Mama sagte: „Was taugt das Büchlein, wenn das Geschäft unter den Hammer gekommen ist!“ Papa meinte kleinlaut: „Das ist, weil ich irrsinnig gut gewesen bin!“ Ich erinnerte mich tatsächlich an ein Foto von Papa in seinem eigenen Geschäft, wo er gerade einen Kunden bediente. Hinter seinem Rücken waren Schachteln mit den Aufschriften „Knajp“, „Herc“, „Ovomaltine“ zu sehen, er hatte eine Mütze auf, alles in allem war es ein sehr schönes Foto, aber damit hatte es dann auch sein Bewenden. Mama sagte nur: „Wo sind jetzt die Herren Händler Rista Argiris, Gotlib und Šterić oder die unglücklichen Brüder Gabaj!“ Onkel dachte nach, aber laut: „Wenn ich nur die Zemuner Brücke verkaufen könnte, die aber leider zerstört ist!“ Papa erzählte uns: „Vor ein paar Tagen hat einer versucht, einem Narren das Parlamentsgebäude zu verkaufen, nur wurde er gleich verhaftet!“ Daran sah man, daß Papa immer noch etwas von Geschäften händlerischer Natur verstand, ungeachtet des Bankrotts seines eigenen Ladens. Das bestätigte sich an vielen Beispielen. Zu Papa kam ein Mann und sagte: „Soll ich das Leder bei Herrn Petrović für zwei Millionen kaufen!“ Papa antwortete: „Geh erst und biete es Herrn Stefanović für zwei Millionen und vierhunderttausend an!“ Der Mann ging und kam mit vierhunderttausend in der Hand zurück. Er sagte: „Alles in Ordnung!“ Papa rollte die Geldscheine zusammen, steckte sie in die Tasche und öffnete eine neue Flasche Bier heimischer Produktion. Onkel rieb sich ungläubig die Augen und fragte: „Wer sind denn dieser Petrović und dieser Stefanović!" Papa antwortete: „Woher soll ich das denn wissen!"

Im Jahr dreiundvierzig, während des Krieges, war das die einzige Art für Papa, sein Geschick als früher wohlbekannter Händler einzusetzen. Mama meinte: „Lauter Gesindel ist in den Geschäften, und du legst die Hände in den Schoß, schrecklich!" Onkel sagte: „Ich weiß nur nicht, was sie verkaufen, wo ihre Fächer doch leer sind!" Aus alldem ging hervor, daß wir als Handel nur das anerkannten, was sich in einem Geschäft und nirgendwo sonst abspielte. Mama ging immer feierlich in ein Schuhgeschäft, stöberte zwischen vielen Modellen und fragte dann: „Ist das Kroko!" Ich wußte, daß das eine Abkürzung war, aus dem Handel, aber ich schwieg. Mama erkundigte sich oft nach der allerteuersten Ware, ging dann hinaus und kaufte auf dem Ausverkauf ganz dünne Stoffe, in Stücke von einem Meter geschnitten! Sie behauptete: „Niemand duftet so wie die Handelsgehilfen bei Anastas Pavlović, Stoffe!" Onkel sagte: „Ich weiß bloß nicht, warum sie so wippen!" Ich erinnerte mich an einen Film, von dem meine Tanten erzählt hatten und in dem ein stark duftender Mann sagt: „Kaufen Sie meinen göttlichen Körper!" Das durfte ich danach nie wiederholen, aber es existierte. Es existierte auch ein Flugblatt, auf dem stand: „Schäme sich, wer das eigene Land verkauft!" Das waren alles irgendwelche Aufrufe, händlerische, kriegerische und polizeilich verbotene. Mama ärgerte sich schließlich und begann wieder, mit Papa zu schimpfen: „Das sind sie, deine Deutschen, mit denen du zwanzig Jahre lang gehandelt hast!" Papa wunderte sich: „Sie waren immer sehr geschäftlich und fair, ich weiß nicht, was jetzt mit ihnen los ist!" Mama fuhr fort: „Wenn ich mich nur an die falschen Handelsreisenden erinnere, die in Wirklichkeit Spione waren!"

Genau da kam Frau Darosava und sagte: „Bei mir ist einer meiner Brüder zu Besuch, er hat ein bißchen Speck mitgebracht, ganz billig!“ Mama mahnte: „Unter der Bedingung, daß er von einem gesunden Schwein ist und nicht von einem verreckten!“ So begann unser Handel mit Frau Darosava und ihrem Bruder, der danach ging. Sie bot uns auch später noch verschiedene Dinge an, besonders meinem Onkel. Vor allem wollte sie ihm ein Muttermal auf einem unbekannten Teil ihres Körpers zeigen, fast umsonst. Es kamen auch andere Mädchen, um uns ihr Knie oder eine andere Stelle von sich zu zeigen, Mama fragte sie: „Weiß euer Vater davon!“ Sie erklärten: „Man muß ja irgendwas essen!“ Ein paar Leute, ziemlich unrasiert, fragten: „Wollen Sie alte Sachen und Schuhe verkaufen!“ Opa antwortete: „Wir haben nicht mal neue!“ Eine Frau behauptete: „Ich kann Ihnen Eier besorgen!“ Onkel fragte: „Wem seine denn!“ Danach sagte sie. „Stopft dieses Papier hinter den Wasserhahn, oder lernt es am besten auswendig, und werft es weg!“ Das war genau zu der Zeit, als Jossif Stalin Winston Churchill, ebenfalls Heerführer, halb Jugoslawien anbot. Das geschah auf einer Konferenz, auf der sich alle fotografieren ließen. Ebenso bot die Friseurin Anica ein halbes Nacktfoto von sich und einem Leutnant an, aber auf dem Bild sah man dennoch die Hauptsache beziehungsweise den unteren Teil. Als die ersten Kanonen sowjetischer Produktion zu hören waren, erklärte uns Papa: „Jetzt müssen sie einen Strich ziehen und zusammenzählen!“ Das war etwas aus dem Abrechnungswesen, nur im Weltmaßstab. Das war eins der letzten Dinge aus dem Metier der Handelsgehilfen, aus Papas Metier. Ich verfolgte die Ereignisse um mich herum und bemerkte, daß das Stehen hinter dem Ladentisch, das Metier der Handelsgehilfen, auch unter unmöglichen Bedingungen fortgesetzt wurde, dem gesunden Menschenverstand zum Trotz.

Am siebzehnten Oktober des Jahres vierundvierzig kamen deutsche Soldaten, sehr junge, sie boten uns ihre Gewehre gegen gewöhnliche Anzüge an, nur zivile. Papa übersetzte diese Bedingung, milderte aber ein paar Ausdrücke ab. Zwei Tage später verbarrikadierte sich einer von ihnen auf dem Dach unseres Hauses und begann loszufeuern, wie verrückt. Die Russen in unserem Hof sagten: „Job tvoju mać!“[12], Papa sagte ihnen: „Wartet ein Weilchen!“ Papa begann gleich, sich mit dem deutschen Maschinengewehrschützen, dem umzingelten, jungen und sehr wütenden, zu verständigen. Mama erklärte: „Er kann nicht ohne sein Geschäft!“ Die Tanten sagten: „Wenn er doch als einziger Deutsch kann!“ Papa überbrachte folgenden Vorschlag: „Er uns das Maschinengewehr, und wir ihm das Leben!“ Die Russen sagten gleich: „Charascho!“[13], verlangten aber danach, daß der Deutsche seine Kameraden mit den Maschinengewehren verrate und ihnen ihre Stellungen zeige. Papa feilschte mit dem Soldaten weiter, der zeitweise schoß, aber ungenau und meist in die Luft. Die Russen fragten: „Nu!“[14] Papa antwortete: „Das läßt sich nicht übers Knie brechen!“ Mir fiel auf, daß die Russen nicht viel von Geschäften händlerischer Natur verstanden, für die man Zeit braucht wie auch Geduld, und zwar ziemlich viel. Papa hielt sich seinerseits an die Regeln seiner Arbeit, noch aus der Zeit, als er hinter dem Ladentisch gestanden und gelächelt hatte. Papa sah freundlich aus, als verkaufte er eine wichtige Sache, eine wertvolle, und so war es ja auch. Dann

12 Fick deine Mutter! (A. d. Ü.)

13 Gut! (A. d. Ü.)

14 Nun! (A. d. Ü.)

schien das Geschäft abgeschlossen, Papa rieb sich die Hände, was das beste Zeichen dafür war. Der Deutsche kam schließlich die Treppen herunter in den Hof und übergab uns sein Maschinengewehr, das noch rauchte und sehr heiß war. Mama sagte zu mir: „Faß das bloß nicht an!" Der Deutsche war mager, schweigsam und ziemlich blaß. Ein russischer Sergeant schaute sich das Gewehr an, dann ging er auf den Deutschen zu, stieß ihm den Lauf einer Pistole in den Mund und feuerte ab. Papa fragte: „Wie das denn jetzt!" Der Russe antwortete ihm: „Ničevo"[15] und hängte sich das Gewehr über die Schulter. Papa war völlig erschüttert. Onkel fragte: „Habt ihr gesehen, wie man handelt!" Mama verbot mir: „Schau nicht hin, sein Gehirn ist herausgequollen!" Das war einer der ersten Tage einer neuen Art zu handeln, einer internationalen, komplizierten, uns bis dahin unbekannten.

15 Macht nichts. (A. d. Ü.)

Wie wir das Verrücktengewerbe kennenlernten

Mama sagte: „Mir machen auch die schrecklichsten Krankheiten keine Angst, nur daß ich nicht verrückt werde und auf der Straße anfange, Quatsch zu erzählen!" Die Tanten waren gerade da verrückt nach einem Gobelin, den sie gemeinsam anfertigten, Onkel war verrückt nach der kleinen Strumpfverkäuferin in der Firma „Gebrüder Romano". Bei freier Themenwahl im Fach „Serbisch" wählte ich folgendes: „Ich stelle mir vor, was ein völlig verrückter Mensch fühlt, der weder weiß, wo noch was er ist!" Der Lehrer las es und sagte: „Das hätte ich nicht von dir gedacht!" Ich verstand sofort, daß Verrücktsein etwas Gefährliches und sehr Strafbares bedeutete.

In der Stadt hatte es auch früher solche Leute gegeben. Sie gingen auf der Straße im Zickzack, führten Selbstgespräche, sahen sich um, als versteckten sie etwas unter ihrem Mantel, ihrem schon schäbigen. Die Tanten schauten aus dem Fenster und sagten: „Da ist er wieder!" Die Tanten sahen am liebsten einen bestimmten Mann, anders als die anderen, fein und harmlos, der nur nicht ganz recht war. Onkel behauptete: „Es gibt einen Herrn Solovjev, der die Entfernung jedes Punktes vom Erdmittelpunkt ausrechnen kann und weiß, wie man keine Krätze kriegt!“ Mama meinte: „Das ist was für uns!“ Opa sagte: „Der hat doch nicht alle Tassen im Schrank!“ Onkel fuhr fort: „Und Herr Plebičko, ein Tscheche, redet überhaupt nichts, er geht nur langsam auf einer Linie und weiß alles über die Vergangenheit und die Zukunft!“ Mama fügte hinzu: „Das hab’ ich mir schon immer gewünscht, aber es ist nie in Erfüllung gegangen!“ Papa äußerte sich über die Verrückten: „Lauter Tschechen und Russen, aber es sind auch ein paar Ungarn darunter!“ Mama sagte: „Die armen Leute!“ Die Tanten erklärten: „Und doch werden sie die Welt umgestalten!“ Opa fragte: „Womit denn!“ Sie antworteten: „Mit Hypnose, Merkfähigkeit und Mnemotechnik!“ Opa fuhr fort: „Besser sie stecken sie alle ins Kittchen, damit wir unsere Ruhe haben!“ Mama meinte: „Wen stören sie denn schon, außer daß sie auf der Straße herumlaufen und etwas in ein Büchlein schreiben!“ Opa sagte: „Ach, nur das!“ Papa fügte hinzu: „Lassen wir beiseite, daß ihr Kinn zuckt und ihre Hände zittern!“ Onkel sagte: „Sollen sie doch zucken!“ Eine Tante, die sich nicht zurückhalten konnte, schrie auf: „Ach könnte ich doch nur einen richtigen Verrückten kennenlernen, auch wenn ich auf der Stelle sterben würde!“ Onkel brachte einen Herrn Vasiljević mit, der vor allen begann, mit Hilfe von Kephalon, einer geheimen griechischen Substanz, nachzudenken. Herr Vasiljević erklärte uns, wie er sich mit dem rumänischen König durch ein in seinem Kopf eingebautes Telefon unterhielt. Opa fragte ihn: „Haben Sie das oft!“ Herr Vasiljević erklärte uns am Ende alles über die Bifurkation der Patagonier, und dann half er mir, das Quadrat über der Hypothenuse zu lösen, ganz leicht. Papa sagte: „Merkwürdig, ein vernünftiger Mann, solange er über Mathematik redet, aber sobald er zu etwas anderem übergeht, kommt lauter irres Zeug heraus!“

Im Jahr vierundvierzig, im Herbst, hörte fast jede Arbeit in der Mathematik auf, in die Stadt stürmte das Befreiungskorps, auf Pferden, in vollem Galopp. Die Tanten umarmten die Soldaten aus dem Korps und schrien: „Wir werden verrückt vor soviel Glück!“ Mein Freund Miroslav Subotić kam aus dem Erdgeschoß gerannt und sagte: „Ich hab’ gesehn, wie die Russen die Schwabos hinter dem Markt abmurksen, irre Sache!“ Hauptmann Jovo Sikira sagte: „Stellt euch ja nicht verrückt!“ In diesem Jahr wurden alle Leute in vernünftige, verrückte und solche, die so taten, eingeteilt. Als Jovo Sikira gegangen war, sagte Onkel zu mir: „Wir sind doch nicht verrückt, daß wir das zugeben!“ Ich fand, er hatte vollkommen recht.

Herr Vasiljević, Herr Solovjev und die anderen Erneuerer des Erdballs, des ohnehin schon freien, wurden zusammen mit den Friseurinnen, die während der Okkupation herumgehurt hatten, mit Draht gefesselt und dann in einer Ruine, einer durch den Zweiten Weltkrieg entstandenen, erschossen.

Leutnant Vaculić kam rußig, zitternd angerannt, etwas schnürte seine Brust ein, als er wieder zu sich kam, sagte er: „So viele wunderbare Menschen, hochintelligente, sind durch unsere menschliche Unachtsamkeit auf Nimmerwiedersehen von uns gegangen. Der Blitz soll uns treffen!“ Die Zeit war verrückt, und trotzdem. Daß sich das Leben, die Gedanken, die Menschheit änderten, es keine Normalität gab, wurde uns klar, sofort.

Im Namen der Schusterkunst

Das Schusterhandwerk bestand aus dem Zuschneiden von Leder für die Schuhe sowie dem Annähen dieses Leders an die Sohle, die sehr harte. Mama sagte immer: „Was für Hände sie haben, die Armen, hart wie eine Sohle!“ Die Schuster schüttelten einem gern vor und nach getaner Arbeit die Hand, mir schien, als wären ihre Hände wie ein Stück Holz, nur lebendig. Das Schusterhandwerk spiegelte sich im Zuschneiden des Leders, im Einschlagen der Schuheisen und dann im Händeschütteln, einem sehr kräftigen, wider. Im Schusterhandwerk war die wichtigste Arbeit das Schuhmachen, das Gespräch über Napoleon sowie über andere Ereignisse, noch immer aktuelle. Opa fragte sich: „Ich weiß nur nicht, warum sie diese Penner dulden, die in ihren Geschäften sitzen und dummes Zeug quatschen!“ Mama erklärte: „Aber Papa, ohne diese Penner können sie überhaupt keine Schuhe machen!“ Dann fielen auch mir Leute auf, die in den Schusterwerkstätten saßen und mit dem Schuhmachen fast überhaupt nichts zu tun hatten. Die Schusterwerkstätten bestanden aus Meistern, Leuten, die Nägel in die Sohle schlugen, sowie aus den anderen, die beim Nägeleinschlagen zuschauten. Bei der Schusterarbeit war das Maßnehmen bei den Kunden am wichtigsten, dann aber auch das Gespräch über den deutschen Kreuzer „Graf von Spee", den nun schon versenkten. Im Jahr dreiundvierzig hörten fast alle Schustergespräche auf, allerdings keineswegs die über Seeschlachten. Im Jahr dreiundvierzig, dem blutrünstigen, offenbarte sich allmählich die wahre Schusternatur, die sich im Erzählen, Nachdenken und in der Weisheit äußerte. Papa nahm mich mit zu Meister Zalubil, einem Tschechen, und fragte ihn: „Machst du mir Schuhe für meinen kleinen Sohn!" Dort war ein sehr schön gezeichneter Meisterbrief, eingerahmt in einem Goldrahmen, all das konnte man an einer Wand sehen, natürlich einer schmutzigen. Der Meister hatte allerdings nichts, um Schuhe für den Sohn eines Handelsgehilfen aus der Metallbranche zu machen, er saß da, zog die Brille auf die Ohren und sah sich eine Vorkriegszeitschrift mit darin abgebildeten Frauenbrüsten an. Papa bat ihn: „Nimm doch wenigstens Maß!" Ich zog einen Schuh aus, der Meister zeichnete meinen Fuß auf ein Stück Papier, dann sagte er: „Das ist umsonst, er wird herauswachsen!" Papa steckte das Papier trotzdem in die Tasche, sorgfältig. Danach, in der Schule, zeichnete ich im Naturkundeunterricht meine Hand, aber das war etwas anderes. Die Schuster, die Kenner des Leders, des nun nicht vorhandenen, schlichen in ihren Werkstätten herum, lasen Vorkriegszeitschriften für Frauenfragen und dachten nach, ziemlich gründlich. Das war das Jahr dreiundvierzig, ohne Schuhe, ohne alles. Die Schuster saßen weiterhin an ihren Tischchen, sehr kleinen, wie von Kindern. Die Schuster schauten den ganzen Tag auf die durchbohrten Sohlen, die sie zu flicken versuchten, gingen dann aber über zum Gespräch über die Sterne, Kometen und das All überhaupt. Papa sagte über sie: „Sie sind alle Philosophen!“ Opa erklärte: „Das ist, weil sie gebeugt sind!“ Onkel meinte: „Einige von ihnen sind sehr klug, nur sind sie in der Schule enttäuscht worden und haben dann mit dem Leder angefangen!“ Opa sagte: „Besser ein ehrliches Handwerk als Maulaffen feilhalten!“ Wir stimmten zu. Jeder von uns verrichtete irgendwelche Arbeiten, wie Fensterputzen, Essenkochen, Gitarrespielen, den Rest taten andere, unsere Nachbarn, die Handwerker, mit einem Wort: die Meister. Wir konnten viele für das Familienleben notwendige Dinge machen, andere überhaupt nicht. Mama empörte sich: „Wer sagt denn, daß ich keinen Schuh aus Bindfaden stricken kann!“ Opa sagte: „Danach gehst du in den Regen hinaus, und er zerfällt!“ Mama fügte hinzu: „Und ich hab’ ja gar keinen Bindfaden!“

Früher hatten die Schuster in ihrem Schaufenster stets einen Schuh ausgestellt, einen gerade erst angefertigten, jetzt stand dort nur eine Vase mit künstlichen Blumen, und ein Foto von Hedy Lamarr, ein ziemlich unanständiges. Im Jahr vierundvierzig entdeckte der bekannteste unter den Künstlern der Schusterzunft, Voja Lupa, ein Geheimleder. Nachts begann Voja Lupa Schuhe zu machen, Vorkriegsschuhe, sehr elegante. In diesem Jahr gingen wir alle in Schuhen mit Holzsohle, angefertigt bei einem Tischler, die einzigen echten Schuhe, richtige, wie vor dem Krieg und aus Leder, nähte Voja Lupa für seinen Freund aus dem Schuhmacherfach, der zu dieser Zeit als Maschinengewehrschütze bei der Einundzwanzigsten Serbischen Division angestellt war. Es zeigte sich, daß die Sache mit den Schuhen nicht im Sinne des Erfinders war. Bei seiner Rückkehr ging Vojas Freund Duško, der Maschinengewehrschütze, mit Krücken, einer seiner Füße war nicht mehr da.

Voja Lupa zog seinem Kollegen Dušan einen teuren Spezialschuh an, den anderen stellte er ins Schaufenster, das sehr staubige. Im Schusterhandwerk war die wichtigste Sache, zwei Schuhe von gleicher Größe, einen linken und einen rechten, zu machen. So war es früher gewesen. Im Jahr vierundvierzig, dem entzweienden, schien dies oft komisch, blöd, sinnlos. Opa sagte: „Vielleicht holt den Schuh ein anderer mit einem rechten Fuß!“ Alle sagten: „Vielleicht!“

Das Druckgewerbe

Im Wirtschaftsregister der Stadt Belgrad für das Jahr 1939 suchte Papa einen Fachmann für Zinkdruck. Dort standen viele Namen solcher Meister, wie zum Beispiel Majeršajber Ervin, Melihar Jovan, Červa Alojz. Opa bemerkte: „Lauter Ausländer, gibt es denn keine von uns!“ Papa antwortete: „Anscheinend nicht.“ Diese Frage wurde wichtig, als wir uns entschlossen, Visitenkarten mit genauem Namen und genauer Adresse drucken zu lassen, obwohl nicht sicher war, ob wir so etwas brauchten. Mama erklärte: „Die verteilen die Flittchen an die Männer, damit die sie nachher wiederfinden!“ Papa und ich gingen dennoch zu Meister Majeršajber, weil er am nächsten war, in der Nachbarschaft, der meinen Papa dem Namen nach schon von früher kannte, er war sich nur nicht darüber im klaren, was er als Beruf einsetzen solle. „Aus welcher Branche sind Sie, mein Herr!“, fragte er. Papa antwortete: „Aus der Metallbranche!“ In der kleinen Werkstatt in der Loma-Straße roch es ebenfalls nach Metall, nach Eisen, das kam von den Buchstaben, die in kleinen Holzkästen angeordnet waren. Der Meister begann sie geschickt herauszunehmen, mit schmierigen, fast schwarzen Fingern. Er sagte:

„Dann woll'n wir mal!“ Mama wunderte sich später: „Wie weiß er nur, in welchem Kästchen welcher Buchstabe ist!“ Der Meister schob die Kärtchen unter eine Presse und drückte einen Hebel, der leicht ächzte. Dann verkündete er: „Jetzt können Sie sogar Prinzessin Olga einen Besuch abstatten!“ Mir gefiel das alles sehr, nur spürte ich, daß für das Drucken dieses Pressen mittels der eisernen Maschine notwendig war und dieses Ächzen, das damit einherging.

Zu Hause bewunderten alle Papas Visitenkarten, nur Opa sagte: „Bloß der Beruf ist falsch!“ Onkel antwortete: „Sie konnten ja wohl nicht drucken, daß er ein Saufbold ist!“ Zu dieser Zeit gab es im Haus noch andere Vorkommnisse, so drängte mich Mama, in die verdammte Klavierstunde bei einer Russin zu gehen, den Onkel setzte sie unter Druck, wann er wohl endlich eine Stelle als Schaffner bei der städtischen Straßenbahn annehmen werde. Onkel antwortete ruhig: „Du bist wie ein Mühlstein!“ Meinen Schulfreund Teofanović Milivoj zerquetschte ein Lift, aber das war ein Unglücksfall. All das erinnerte mich an die Szene mit der Druckerpresse, mir schien, das Druckgewerbe erstrecke sich auch auf den Rest des Lebens, überall.

Im ersten Kriegsjahr klebten die Deutschen viele Plakate in der Stadt, mit ordentlichen Listen von Erschossenen. Opa fragte Papa: „Das muß dein Schwabo gedruckt haben, der dir die Visitenkarten gemacht hat!“ Der Meister bestätigte das später: „Was blieb mir denn anderes übrig!“ Wir alle mußten zu dieser Zeit viele Dinge tun, auch wenn wir nicht wollten. Ich begriff, daß sich unsere ganze Familie unter einer Presse befand, die unaufhörlich auf die alltäglichen Arbeiten, die Tage, das Leben niederging. Nur daß davon keine Spuren blieben, nichts Geschriebenes. Onkel erklärte uns: „Was sie alles für Sachen in der Zeitung drucken, und morgen wischen sich alle den Hintern damit!“ Aber als die amerikanischen Bomber begannen, Bomben auf die deutsche Shell-Raffinerie zu werfen, meinte Opa: „Jetzt haben sie auch die zusammengepreßt!“

Dann erschienen auf der Straße die russischen Panzer und serbischen Partisanen, hauptsächlich barhäuptig. Die Russen stellten rasch alle Leute mit deutschen Familiennamen auf und überrollten sie mit Panzern. So kam auch unser Bekannter Ervin Majeršajber aus der Loma-Straße ums Leben. Opa verkündete: „Dabei haben sie gar nicht gewußt, daß er Drukker ist!“

Die Eisenbahner

Eine Zeitlang konnte man sich das Leben ohne Leute in Uniformen nicht vorstellen, das bezog sich besonders auf die Eisenbahner. Sie tauchten da und dort und auch in unserer Küche auf, was bedeutete, daß es sie nicht nur in den wackligen Zügen und auf dem Bahnsteig eines Bahnhofs gab. Oft kam einer von ihnen zu uns, er saß mit Papa und Onkel am Tisch, sie unterhielten sich über die Schlachten um Warschau. Ich erwartete, er werde danach von jedem von uns eine Fahrkarte verlangen, die er dann mit einer Spezialzange lochen würde. Deshalb fragte ich: „Sind wir auf einer Reise!" Mama antwortete: „Leider nicht!" Ich betrachtete die ganze Zeit seine straff sitzende dunkelblaue Jacke mit kleinen Abzeichen am Revers, später dachte ich, diese Leute schliefen in diesem Anzug, weil sie ihn überhaupt nicht ausziehen könnten. Lediglich seine Kappe, leicht speckig, nahm er immer ab und legte sie neben sich auf den Boden. Sie hinterließ auf seiner Stirn eine Spur in Form eines roten Strichs. Außerdem wartete ich ständig darauf, daß dieser sehr magere Mann mit dem dünnen Schnurrbart ein Büchlein aus seiner Innentasche ziehen würde, in dem alle Bahnlinien im Staat eingetragen waren, sogar die von außerhalb. Wo außerdem notiert war, wer von den berühmten Leuten wann geboren war und welche Schuhgröße er hatte. All das sowie viele andere Einzelheiten aus dem Leben vieler sollten in diesem Heft stehen, weshalb es auch mit ganz winzigen Buchstaben gedruckt war. Keiner von uns Familienmitgliedern wagte, dieses Buch in die Hand zu nehmen, daher schlug nur unser Eisenbahner die eine oder andere Seite auf und las daraus vor, wann man zum letzten Mal das Polarlicht gesehen hatte und warum. Und später auch, wie man Hühneraugen entfernt, mit einem kleinen speziellen Federmesser. Opa schloß: „Sie können leicht alles über den Weltkrieg und auch sonst wissen, wo sie ständig lauschen, wer was in den Abteilen sagt!" Es war so, daß die Leute um uns herum eingeteilt waren in die mit Bahnuniformen, die alles wußten, und in uns andere, die wir keine Ahnung hatten. Die Tanten fügten hinzu, wenngleich sehr leise: „Wir bewundern, wie er sich bei diesem pausenlosen Rütteln auf den Beinen hält!" Und dann, mit viel mehr Zärtlichkeit: „Die Armen, sie haben so wenig vom Leben!" Papa meinte: „Wo sie doch jeden Tag nach Kragujevac und zurück fahren, völlig frei!" Opa sagte: „Ich weiß bloß nicht, was sie in Kragujevac sollen!" Onkel bemerkte: „Sie können sich außerdem immer noch auf jedem Bahnhof mit Wasser satt trinken und im Wartesaal so manches tolle Weib sehen!" Mama sagte für sich: „Was hab' ich davon, daß ich mich nicht in Waggons herumtreiben muß, wo ich sowieso nicht weiß, was ich mit mir anfangen soll!" Dann war Opas Geduld erschöpft, und er fragte: „Habt ihr nichts Gescheiteres im Kopf, als euch für diese Abenteurer und ihre blöden Kappen zu begeistern!"

Als die ersten russischen Soldaten auftauchten, ging dieser Eisenbahner aus der Nachbarschaft gerade auf die Straße, um sie zu begrüßen, die Russen rannten gleich hinter ihm her und schossen. So jagten sie ihm durch unser Treppenhaus nach, über den Balkon und den Sims, der zum Dach führte, schließlich trafen sie ihn in den Kopf, der Eisenbahner stürzte in den Hof. Mama seufzte: „Er war doch nur ein Schaffner auf der Strecke Belgrad-Niš!“ Jener Sergeant antwortete: „Počem mi znaem!“[16]

16 Woher sollen wir das wissen! (A. d. Ü.)

Unsere Stickerinnen

Als der Krieg begann, lebte meine Familie im dritten Stock eines alten Gebäudes, anschließend blieb sie auch da. In unserer Umgebung, in der nächsten Nachbarschaft wohnten Menschen mit verschiedenen Berufen, Kellner, Stempelschneider, überhaupt Gewerbetreibende. Mein Onkel versuchte, sie zu zählen, aber es gelang ihm nicht, danach ging er dazu über, seine Erfolge in der Liebe aufzuzählen. Die Leute gingen indes auch weiterhin ihren verschiedenen Arbeiten nach, oft völlig unnützen. Opa fragte: „Wie können sie jetzt ihre Geschäfte halten!" Mama sagte: „Ein Fräulein, das Stikkereien wie Ajoursaum macht, braucht nicht viel!" Dann fiel Mama ein: „Früher hatte ich an jedem Kleid etwas Gesticktes, und jetzt gar nichts!" Im Jahr dreiundvierzig schien die Arbeit der Stickerin wertvoller Kleider, Damenkleider, längst ausgestorben, und doch arbeitete in unserer Nähe Fräulein Flora, eine Rothaarige. All das war auf dem Firmenschild zu sehen, das Haar ebenso wie der Name. Opa fragte: „Wieso haben sie alle ausländische Namen, wo es doch gelogen ist!" Mama antwortete: „Ihr Mann war Franzose, bevor er sie im Stich gelassen hat, das Schwein!" Opa fuhr fort: „Wie kann sie ständig dasitzen und mit dieser Nadel zirpen!“ Mama erklärte: „Einmal bin ich bei ihr gewesen, als sie aufgestanden ist und ihr von der Straßenbahn abgeschnittenes Bein gezeigt hat!“ Im Jahr dreiundvierzig gingen ganz wenige Frauen aus unserer Nachbarschaft zu Fräulein Flora, um ihre Kleider verzieren zu lassen. Diese saß indessen ständig da und stichelte, vor allem wegen des tragischen Vorfalls mit ihrem Bein, von dem wir bis dahin gar nichts gewußt hatten. Die Tanten sagten: „Wir können jederzeit einen kleineren Gobelin mit dem Bild vom Bleder See sticken, aber ein Monogramm, das ist weiß Gott sehr schwer!“ Opa sagte: „Gut, daß ihr es zugebt!“ Zu Beginn der Okkupation kamen deutsche Unteroffiziere zu Flora, um sich von ihr den Namen auf die Hemden sticken zu lassen. Das ging eine Zeitlang so, hörte aber später auf. Onkel sagte öfter: „Sie würde besser dazu übergehen, russische rote Sterne zu sticken!“ Das Jahr dreiundvierzig war ziemlich sonderbar, ein Kriegsjahr, mir gaben sie in der Schule auf, meinen Namen auf ein Stück Pappe zu sticken! Opa schrie: „Sie wollen ein fünfjähriges Mädchen aus dir machen!“ Mama regte sich auf: „Ich hab’ nicht genug Garn, um deine Hosen zu flicken, noch viel weniger für solche Albernheiten!“ Onkel erklärte: „Ich hab’ mir in der Kindheit mal eine Nadel in den Finger gesteppt, nachher hab’ ich die Nadel kaum aus dem Knochen gebracht!“ Papa bemerkte: „Ein russischer Schütze steppt über’s Dach und ballert herum, hört ihr das!“ Letzteres war durchaus wahr. Der Schütze ließ sich danach an der Rinne herunter und sagte: „Zdrastvujte!“[17] Mama begann in aller Eile seinen Ärmel zu flicken, durch den ein deutscher Splitter gegangen war. Onkel erklärte: „Jetzt flicken wir Hitler den Arsch!“ Der Russe sagte:

17 Guten Tag! (A. d. Ü.)

„Tak točna!"[18] Bei Fräulein Flora kam es zu einem Auflauf schreiender Männer: „Jetzt woll'n wir uns das Flittchen mal vorknöpfen, das den Schwabos Pullover gestrickt hat!" Sie fragte: „Was für Pullover denn!" Hinterher sagten sie: „Wir haben gar nicht gewußt, daß ihr ein Bein fehlt, aber sie ist trotzdem prima!" Onkel meinte: „Was habe ich euch gesagt!" Frauen kamen, um angefangene Stickereien mitgehen zu lassen, teures Garn aus Vorkriegsproduktion, englisches. Das Garn hieß Deemce, all das war unverständlich, aber wertvoll und wunderbar zum Stehlen. Am Abend ging es mit Fräulein Flora allmählich zu Ende, am Morgen sagten sie: „Sie haben sie sehr durchlocht, die Arme!" Jemand sagte: „Sie hätten sie zunähen können!" Mama meinte: „Die Unglückliche, wenn sie gewußt hätte, was ihr zustoßen würde, hätte sie nicht das ganze Leben lang in der Ecke gesessen!" Danach fügte sie hinzu: „Aber vielleicht doch!" Im Jahr vierundvierzig wurde in unserer Nachbarschaft jede Freundschaft mit den Deutschen streng bestraft, das traf besonders die Stickerinnen, Kellner, Friseure, die Dienstleistungen überhaupt, das Volk. Leutnant Vaculić erklärte: „Alles muß auf Heller und Pfennig bezahlt werden!" Opa fragte: „Wer wird euch jetzt Monogramme sticken?" Vaculić antwortete: „Wichtig sind nicht Wappen und solche Sachen, sondern das, was in der Seele steckt!" Und in der Seele, in seiner, meiner, unser aller, tauchte ein völlig neues Zeichen auf, das Emblem der Zukunft, ein Monogramm für sehr ferne Jahre, wovon wir damals nicht die blasseste Ahnung hatten.

18 Jawohl! (A. d. Ü.)

Über die erneuerte Fleischerkunst

Aus der deutschen Kantine war ein Huhn geflohen, oder war es ein Hahn. Vielleicht kam der Hahn gar nicht von den Deutschen, sondern aus der Nachbarschaft, heimlich in der Badewanne aufgezogen. Egal, der Vogel flog von Dach zu Dach, schließlich fingen sie ihn, meine Mama und Onkel. Opa rief gleich: „Her mit dem Messer!" Früher hatte Mama die Hühner geschlachtet, die Kloschüssel war immer voller Blut gewesen, bis es hinuntergespült wurde. Blut war auch an die Wände gespritzt, die Hühner waren oft aus Mamas Händen gesprungen und kopflos durch die Zimmer geflogen. Jetzt, im Jahr dreiundvierzig, drückten sich Mama und Onkel gegenseitig das Messer in die Hand, Papa fragte: „Was habt ihr auf einmal?" In diesem Jahr, wiewohl ein Kriegsjahr, ein bestialisches, wollte uns die Schlächterarbeit nicht von der Hand gehen, ganz und gar nicht. Den Hahn nahmen sie mit zu unserem Nachbarn Jovo Tišma, dem Besitzer einer Pferdemetzgerei, Tišma hatte einen Schnurrbart, einen dünnen, gelben. Opa brummte: „Der sieht doch gleich, daß der gestohlen ist!" Onkel fragte: „Ich weiß nur nicht, woran!" Der Hahn sah ihn unter dem Lid mit seinem erschrockenen Auge an, aber es half ihm nichts. Jovo Tišma sagte nur: „Warten Sie, Frau Nachbarin, bis ich mit diesem Pauflek fertig bin!“ An der Fleischerkunst gefielen mir am besten die Wörter, die die Meister aussprachen und die unverständlich waren. Gelegentlich erkundigte sich Onkel: „Meister, träumen Sie eigentlich manchmal von all den Pferden, die Sie schlachten, als wären sie nichts!“ Der Meister antwortete: „Wir schlachten überhaupt nicht, sondern tranchieren nur!“ Das einzige Tier, das die Hexenmeister dieses Metiers während des Kriegs mit ihren Messern zerschnitten hatten, war ein Pferd, ein mattes, altes. Papa warnte: „Wenn ihr mir so was ins Haus bringt, werd’ ich zum Mörder!“ Mama lächelte und versprach: „Das mach’ ich nie wieder!“ Onkel schrie nur einmal: „Ia“, was bedeutete, daß wir etwas noch Schlimmeres beziehungsweise einen Esel aßen. Papa kippte den Tisch um, Mama folgerte, traurig: „Wir sind selbst schuld!“ Das sind die Erlebnisse, die wir mit dem Fleisch hatten, zu dieser Zeit. In unserer Schulsammlung hatten wir alle Teile des Schweins, aber aus Gips. Wir wußten alles über diese Teile, aber sie dienten nur als eine Art Belehrung. Wir waren darüber informiert, woraus eine Rinderkeule besteht, aber die einzige, die ich in diesen Jahren gesehen habe, war die aus dem Sketch „Der rachsüchtige Fleischer“; die Keule war aus Pappe und angemalt. In diesen Jahren hatten wir Hunger auf Freiheit und dann auf Fleisch, auf echtes. Früher hatte ich am liebsten Hähnchenkeule gemocht, aber die hatte sich Onkel immer als erster genommen. Ich mochte auch die Hühnerleber, die sie ständig stahlen und uns ein leeres Huhn verkauften. All das war vor dem Krieg gewesen. Als das Jahr dreiundvierzig kam, wurde darüber nur gesprochen. Während des Krieges gab es als einziges Fleisch das vom Pferd, etwas säuerlich, sowie jenes andere, das aus der Geschichte vom abgeschnittenen Bein unseres Nachbarn, der unter die Straßenbahn gekommen war. Fleisch kam auch in ein paar Sätzen vor. Mama sagte: „Sie haben ihr das Kind von vier Monaten herausgerissen, aus dem lebendigen Fleisch!“ All das ging mit Seufzern einher. Onkel behauptete: „Wie ich höre, ißt Pavelić bloß Suppen von Menschenaugen und Hitler nur Popos von kleinen Kindern!“ Die Tanten erklärten: „Wir haben damit nichts zu tun, vor allem weil wir Vegetarierinnen sind!“ All das, was aufgeschrieben ist, stammt aus der Erinnerung, in den Erinnerungen nahm am meisten Platz der Mangel ein, schließlich der Hunger, der unerklärliche Zustand, in dem man nicht ißt, aber über das Essen spricht, pausenlos. Beim Hunger war am gravierendsten das Fehlen von Brot, dann von Fleisch, ganz gleich welcher Sorte. Papa belehrte: „Hauptsache, wir retten unsere Knochen!“ Onkel wartete ab, bis sich die Deutschen zurückzogen, dann verkündete er: „Jetzt können sie mich am Hintern packen!“ Das zeigte er auch.

Dann brachten sie im Oktober neunzehnhundertvierundvierzig einen verletzten Rotarmisten, einen sehr blassen, in den Keller. Bei dem Rotarmisten war alles in Ordnung, außer dem Bein, dem linken, das unter dem Knie gebrochen war. Das Bein steckte noch im Stiefel, aber der Knochen hatte die Haut durchbohrt, nicht nur die eigene, sondern auch die andere, das Leder des Stiefels. Die Leute versuchten, den Stiefel auszuziehen, aber sie bemerkten gleich, daß auch das andere beziehungsweise das Bein abging. Die Tanten unterbrachen ihre Herstellung roter Sterne und versuchten, das Knie des russischen Genossen, das sehr blau gewordene, abzubinden. Aus dem Dunkel des Kellers tauchte plötzlich Jovo Tišma auf, in der Hand hielt er ein Messer, ein dünnes, aber langes. Opa sagte: „Paß auf, das ist kein Pferdefleisch!“

Der Metzger sah ihn an, kurz. Er hatte ebendiesen Blick, den ich jahrelang im Gedächtnis behalten habe, der Fleischer verhielt sich ruhig, wie hinter seinem Ladentisch. Sein großes Messer blitzte, als er die gesunden Muskeln von den Knochensplittern, Eisenstückchen und dem geronnenen Blut trennte, nur daß er zum Schluß keinen Preis ausrief. Papa erklärte: „Besser hätte es auch Rosulek Đorđević Fani nicht gemacht!" Opa warf den Stiefel danach weg, ohne ihn zu leeren, der Fleischer wischte das Messer an seiner Hose ab. Mama sagte: „Tiere!", man wußte nicht, zu wem. Onkel fügte hinzu, als läse er aus einem Buch: „Menschenfleischerei!" Das betraf uns selbst, das, was sich unter unserer Haut, in unserem eigenen Blut befand. Beim Schreiben über dieses Thema habe ich unser eigenes Fleisch durchweg von dem unterschieden, das wir als Nahrung verwendeten, so gingen während des großen Krieges allerdings nicht alle vor. Als Beweis kann ich erneut den Fall mit dem russischen Sergeanten, mit seinem Bein, anführen wie auch viele andere. Jedes Gewerbe birgt etwas sehr Gefährliches, beinahe Unmenschliches in sich. Die Arbeit des Fleischers, ansonsten eine sehr edle, ist ein solches Gewerbe. Das ist allen bekannt.

Wie wir den Müll wegräumten

Ich lebte in einer Familie, die sich aus mehreren Mitgliedern zusammensetzte, wir alle sammelten viele für das Leben nützliche Gegenstände, wie Essen, Fotos, Andenken. Alle Familienmitglieder schleppten ständig etwas ins Haus, danach schauten wir es uns an und zeigten es den anderen. Meine Familie, die im großen Krieg zwischen Hitlerdeutschland und uns, der übrigen Menschheit, zusammenlebte, hatte viele nützliche Dinge angehäuft und nur ein paar wenige kaputte und unbrauchbare beziehungsweise Müll. Wir hatten einen Müllschlucker, unten warteten Leute mit Lederkappen, sehr unrasierte. Opa warf abgenagte Knochen, Zeitungen, schon ausgelesene, alte Lumpen in den Müllschlukker, die von unten fragten: „Mein Herr, etwa auf den Kopf!" Opa antwortete: „Das ist eure Arbeit!" Mama schaute die Müllmänner an, die die Asche aus unseren Öfen und das Brot, das versehentlich verschimmelt war, aufluden, Mama seufzte und meinte: „Warum muß jemand auch solche Arbeiten machen!" Opa sagte: „Das ist nicht deine Sache!" Mama fuhr fort: „Übrigens putze ja auch ich die Kloschüssel und alle schlimmen Dinge in diesem Haus und meutere nicht, sondern singe!“ Onkel sagte: „Da siehst du mal!“ Dann fügte er hinzu: „In Rußland machen sie aus Müll nützliche Dinge durch Pressen!“ Papa staunte: „Allerhand!“ Opa sagte: „Du meinst wohl, du stinkst weniger als die Müllmänner, die anständig ihre Arbeit machen, wenn du dich besäufst wie ein Schwein!“ Papa schwieg daraufhin. Wir hatten viele tolle Dinge und ein paar sehr unbrauchbare, letztere stanken, zerfielen durch Fäulnis in kleinere Teile. Onkel behauptete: „Das ist ein gesellschaftlicher Prozeß wie jeder andere in der Menschheitsgeschichte auch!“ Mama sagte gleich: „Ich kann den schlimmsten Dreck putzen, zum Beispiel, wenn einer in die Hosen gemacht hat, nur daß ich kein verrecktes Mäuschen sehe, von dem ich mich übergeben muß.“ Mama putzte die Fenster in der Wohnung, wienerte das Parkett, reinigte die Herdplatte, anschließend prahlte sie: „Du kannst dich in allem spiegeln!“ Mama versuchte, aus unserem Haus auch das letzte Stäubchen Dreck und die letzte Spur von Unrat zu verbannen, dann brachte Onkel eine Friseurin mit und begann sie vor allen zu beschimpfen: „So kommst du mir, du Dreckstück!“ Alle waren bestürzt. Mama vermochte vieles im Hinblick auf die Reinlichkeit zu bewirken, aber in manchen Fällen hatte sie keinen Erfolg, gar keinen. Genau da kamen die Kavalleristen der Russen und Partisanen, sprangen über deutsche Leichen und herausgerissene Ziegel. Leutnant Vaculić erklärte: „Wir sind gekommen, um den Müll der Geschichte wegzuräumen, der sich abgelagert hat!“ Opa schlug gleich vor: „Bitteschön, nur zu!“ Mama sagte: „Gott sei Dank, ich hab’ genug allein saubergemacht!“ Mama dachte, sie habe endlich Hilfe im Haus erhalten, aber Vaculić befahl: „Los Leute, damit diese Schwabos, die wir erschossen haben, vergraben werden, weil sie stinken!“ Alle gingen mit Schaufeln weg und begannen zu graben, über die Nasen hatten sie Tücher gebunden, aber einerlei. Vaculić sagte: „Die Spuren des Krieges sind zu beseitigen und auf jeden Tisch Blumen zu stellen!“ Mama meinte: „Nur zu!“ Vaculić fügte hinzu: „Aber jemand muß den Müll wegbringen!“ Mama sagte: „Ich hab’s ja gewußt!“ Alles, was Vaculić sagte, schien aus irgendwelchen Büchern, sehr bedeutenden, zu stammen, Opa sagte nachher: „Ich hab’ nicht gewußt, daß es ein Handbuch über Müll gibt!“ Onkel meinte: „Du siehst doch, daß es das gibt!“ Das ist eine Geschichte über das Gewerbe der Müllmänner, das sehr ehrenwerte, wenn auch schwere, voll üblen Gestanks und ungesunder Gedanken. In diesem Gewerbe, diesem historischen, waren wir im großen Jahr vierundvierzig alle tätig, ungeachtet des Geschlechts, des Alters und der politischen Zugehörigkeit. Mama erklärte: „Sollen sie sehen, was ich all mein Lebtag tue!“ Vaculić sagte: „So ist es!“ Für mich klang das alles wie ein Gedicht, ein schönes, aber unverständliches.

Die Hundefänger

Lang vor dem Krieg belehrte mich Mama: „Daß du dich nicht zufällig von einem tollwütigen Hund beißen läßt, weil man dir dann eine Spritze in den Bauch sticht und du weißen Schaum vor dem Mund bekommst!" Ich hatte überhaupt keine Ahnung, wo zu dieser Zeit tollwütige Hunde lebten, obwohl ich zu gern gewußt hätte, wie sie aussehen. Wir beobachteten lediglich, wie Hundefänger einen kleinen weißen Hund über den Kinderspielplatz jagten, ihn danach an einen Draht hängten und in einen Wagen mit Gittern warfen. Mama sagte oft: „Die armen Zigeuner, wenn sie das allerletzte Gewerbe auf der Welt ausüben müssen!" Ich fragte: „Warum müssen sie das!"

Ganz allgemein waren zu dieser Zeit alle gegen Hunde eingestellt, die auf der Straße bellten, Würste stahlen und anschließend dem Kind des Herrn Professor ins Bein bissen. Die Tanten erzählten uns über das Leben im Stockwerk unter uns, das eines Mannes und einer Frau, danach sagten sie: „Sie hassen sich wie Katz' und Hund!" All das war irgendwann um das Jahr neunzehnhundertsiebenunddreißig, das antitierische. Ich hatte einen Hasen, der Hase fraß in der Küche einen Besen,

Papas Pantoffel und ähnliches. Dem Hasen schlugen sie dann ein Stück Holz auf den Kopf und machten Gulasch aus ihm. Sie wollten mich anschließend in einen Film über den Hund Pluto mitnehmen, aber ich sagte: „Etwa danach!" Der einzige Hund, der ein hohes Ansehen genoß, war der Hund des Herrn Popović, des Salamiproduzenten. Wir aßen Salami aus seiner Fabrik, der Hund saß auf dem Teppich und knurrte, Mama sagte trotzdem immer: „Ist der süß!" Ich wußte, daß Mama Hunde, wie überhaupt Tiere, auch weiterhin haßte, nur insgeheim. Mama getraute sich nie, den Finger in ein Buch mit Bildern verschiedener Tiere zu stecken, vor allem nicht auf die Seite, wo die Schlangen waren. Mama warf das Buch gleich auf den Boden und band sich vor Schmerzen ein Tuch um den Kopf. Später stopfte sie verschiedene Tierteile in einen großen Topf und kochte Seife daraus, wir verließen alle das Haus, wegen des Gestanks. Sie erklärte uns: „Ihr müßt euch waschen, sonst verwest ihr vor Dreck!" Das war im Krieg, und wir verstanden.

Nach mehreren Jahren fragte ich: „Wo sind denn eigentlich die Leute, die mit dem Draht auf der Straße herumlaufen und die Hunde am Hals aufhängen!" Opa erklärte mir: „Die haben sie jetzt auch aufgehängt, genauso!" Das war ziemlich zutreffend. Den ganzen Krieg über hörte ich von diesem Gewerbe nur einmal von Voja Bloša, dem allwissenden. Voja hatte beobachtet, was bei der Frau des Flußschiffahrtkapitäns vor sich ging, während ein Essig- und Likörproduzent bei ihr war. Die Frau kam plötzlich heraus, völlig nackt, und verpaßte Voja eine Ohrfeige. Voja faßte sich an die Wange und schrie: „Dich hat doch der Hundefänger gefickt!", obwohl das nicht ganz der Wahrheit entsprach.

In den ersten Tagen nach der Befreiung war Papa nicht im Haus, ich fragte gleich: „Ist er synthetische Butter besorgen gegangen, oder ist er in der Kneipe!“ Mama sagte mir: „Schön wär’s!“ Dann flüsterte mir Opa zu: „Er jagt Hunde an der Anlegestelle!“ Mama wischte sich gleich die Tränen ab: „Er, der keiner Fliege etwas zuleide tut, der Arme!“ Ich fragte nur: „Hat er einen Draht!“ Onkel sagte: „Natürlich!“ Das war ebenfalls die Wahrheit. Die Soldaten hatten den Arbeitslosen, den Bürgern aus dem Handelsgewerbe sowie anderen befohlen, ins Hauptquartier zu kommen, dort gaben sie ihnen Staken und Draht, dann sagten sie: „Säubert eure Stadt von dieser Plage, das ist eure Sache!“ Papa und die anderen jagten die ausgehungerten Hunde, die sich vor den Granaten in Löcher, ausgebrannte Panzer zurückgezogen hatten und dort herausbellten, wütig, bedrohlich. Die Leute schlugen sie mit Steinen, Schaufeln, allem Möglichen. Mama rang in der Küche nur die Hände und sagte: „Schrecklich!“ Ich fragte: „Wird Papa jetzt von einem tollwütigen Hund gebissen und bekommt nachher Schaum vor dem Mund!“ Opa erklärte: „Tollwütig ist er so oder so!“ Mama ermahnte ihn: „Red nicht so, solange sein Leben an einem Faden hängt!“ In den Ruinen an der Anlegestelle, in den zerstörten Bunkern der deutschen Kräfte waren auch Deutsche zurückgeblieben, verletzt, verängstigt und ganz blaß. Die deutschen Soldaten, ausgehungert und wütig über die Niederlage, bellten ebenfalls. Papa fragte: „Was sollen wir denn mit denen machen!“ Der Kommandant der Einheit, der bürgerlichen Hundefängereinheit, sagte: „Dasselbe!“

Das ist eine Geschichte über die Dinge aus diesem Jahr. Es kann in Anbetracht ihres Inhalts sowie ihrer Hauptfiguren, meist tierischen, keine besonders schöne Geschichte sein. Leutnant Vaculić erklärte uns: „Das wird nicht lange dauern, ein paar Tage, dann ist Schluß!“ Ich erkundigte mich: „Haben sie denn alle Tollwut!“ Er antwortete mir: „Alle!“ Ich hatte nach den Hunden gefragt, Vaculić dachte bei seiner Antwort an die Deutschen, die zurückgebliebenen, aber es war das gleiche.

Papa kam abends nach Hause, er war zerbissen, die Zähne der verängstigten Hunde, dann die Zähne der letzten Feinde unserer Stadt hatten seine Hose, die einzige, sowie seine Haut ruiniert, an vielen Stellen. Mama rieb ihn mit Schnaps ein, Opa regte sich auf: „Das braucht er gerade!“ Nach allem bekam Papa dennoch keinen Schaum vor dem Mund, wie er auch keinen von uns biß, im Gegenteil. Papa phantasierte im Schlaf und bellte, ganz leise. Eines Tages öffnete er den Mantel, dort holte er ein winziges Hündchen, weiß, rundlich, mit einem angeschlagenen Bein, hervor. Papa gab zu: „Diesen konnte ich einfach nicht!“ Alle begannen zu weinen. An diesen Abenden bemerkte ich, daß man viele Aufgaben vergißt, selbst die gröbsten, und daß alle an etwas Normales denken, von früher, an etwas ganz altes. Ich beobachtete die sehr fleißigen und ergebenen Mitglieder meiner Familie, wie sie wie betrunken aneinanderrückten, wie sie sich umarmten und auf den Boden sahen, in den Kreis zwischen ihnen und auf diesen kleinen Hund, schweigend. Mama weinte ein wenig und sagte dann, als läse sie aus einem Buch vor: „Wann wird all das aufhören, wann wird dieses verdammte Hundejahr der Vergangenheit angehören und das Leben beginnen, ein menschliches!“

Kunstfertigkeiten mit Hilfe von Holz

Es war der erste Winter in Freiheit und der wer weiß wievielte ohne Holz.

Papa arbeitete am Flughafen. Freiwillige reparierten die zerstörten Hangars, beseitigten, was sich auf den Pisten befand, sammelten zerbrochene Baumstämme, etwas davon schichteten sie gleich auf einen Haufen und zündeten es an, um sich aufzuwärmen. Abends ging Papa über die Brücke heim und zog einen Mast hinter sich her, der eine tiefe Spur im Schnee hinterließ. Die Militärlaster, Jeeps und die Autos der Staatssicherheit mußten um ihn herumfahren, mühsam. Er glich einer Ameise, einer vergrößerten. Im Haus reichte ein Mast aus, um drei Stockwerke zu heizen, alle sagten zu Papa: „Ich danke dir wie einem Bruder!" Er antwortete: „Ach das ist doch nichts!" und ging gleich zu seiner eigenen Art des Heizens über, mittels einer Flasche. Das Holz sägten sie direkt im Treppenhaus, gleich an der Haustür kam einem der angenehme Geruch von Sägespänen, Harz, Pech, kurz der Duft des Waldes entgegen.

Efreem Badulji erschien, Mama hatte schon früher über ihn gesagt: „Der kann jedes Ding aus Holz machen!" Badulji bat die Leute, die den Mast, den von Papa, zersägten, ihm ein Stück abzumachen, daraus schnitzte er gleich einen großen Löffel, einen hölzernen. Opa bemerkte: „Wenn es auch noch etwas zum Löffeln gäbe!“, aber einerlei. Mama fragte Badulji Efreem, der gerade wieder etwas schnitzte und dabei pfiff: „Können Sie denn wirklich alles, aber auch alles, was Sie sich vorstellen, machen!“ Badulji antwortete gelassen: „Ja!“

Das geschah im Winter, im Jahr fünfundvierzig, dem Jahr der großen Holzvernichtung durch Verbrennen. Opa hatte schon vorher ein ganzes Eßzimmer aus der Vorkriegszeit, Marke „altdajč“, zerhackt und verbrannt. Von dem Eßzimmer war nur eine Marmorplatte übriggeblieben, aber bei einer Feier war auch die zu Bruch gegangen. Opa saß mitten in der Küche, hieb mit dem Beil auf einen Sessel ein und stopfte das Abgehackte gleich in den Herd. Onkel sagte: „Irgendwann sitzt du auf dem Hintern, wenn kein einziger Stuhl mehr da ist!“ In diesem Jahr ging man sehr schlecht mit dem Holz um, dann aber auch mit vielem anderen, wie z. B. mit den Menschen. Das kam daher, weil ein stolzes und dringend notwendiges Gewerbe, das Tischlerhandwerk, vernachlässigt wurde. In der ganzen Gegend hatte man seit Kriegsbeginn das feine Geräusch des Hobelns, des Glättens der Holzbretter mit Hilfe eines Eisens, eines scharfen, nicht mehr gehört. In der ganzen Straße war seit langem kein einziger Stuhl mehr gemacht worden, gleichzeitig waren viele Dinge aus Holz, sehr kostbare, zerhackt und in den Herden verbrannt worden, vor unser aller Augen. Nun tauchte Badulji auf, und Mama bat ihn sogleich: „Meister, machen Sie mir doch einen Besenstiel, meinen hat man mir für eine Fahne weggenommen!“ Badulji machte das im Nu, ohne irgendeine Entschädigung. Mama sagte: „So wie es nur Oterbajn Jaša oder Basta Jovan aus

Mlatišumina konnten!“ Danach fügte sie hinzu: „Jetzt kann ich wenigstens um mich herum saubermachen!“ Das war eins der ersten Ergebnisse der Erneuerung eines alten Gewerbes, des Tischlergewerbes. Ich erinnerte mich: „Und als sie den deutschen Leutnant, der sich nicht ergeben wollte, zersägt haben, im Hof!“ Onkel sagte: „Was gewesen ist, ist gewesen!“ Mir fiel auf, daß es Tischlerarbeiten auch während des Krieges gegeben hatte, nur auf eine andere Art, eine manchmal sehr gefährliche. Wir erwarteten viel von den bevorstehenden Tagen, am meisten jedoch versprachen uns Efreem Badulji und seine Holzarbeiten. Mama hatte zuerst mit dem Besenstiel begonnen, aber danach wagte sie es, auch andere Dinge, vernichtet in den Kriegswirren, von ihm zu verlangen. Mama fragte: „Meister, ist es möglich, für das dringend notwendige Wecken ein Weckerchen aus Holz zu machen!“ Badulji antwortete: „Natürlich, nur würde das lange dauern!“ Statt dessen machte Badulji zum Zweck einer Feier, einer Familienfeier, tolle kleine Kuchen, hölzerne. Die Küchlein waren wie echt, man konnte lediglich nicht hineinbeißen, wegen ihrer Härte, sie dienten eher der Dekoration.

Es war März und immer noch frostig, von der Front kehrte ein Nachbar heim, ein Slawonier. Sein Gesicht war bleiern, dunkelviolett, er stützte sich auf eine große Krücke, eine speckige, rußige. Die Treppen hüpfte er auf einem Bein hinauf, sein anderes fehlte. Sie saßen in der Küche, redeten über alles mögliche, ohne sich anzusehen. Dann stand Opa auf, wütend, fluchte etwas auf deutsch, etwas Unverständliches, und sagte: „Was ist mit dem Bein passiert, verdammt nochmal!“

Der Slawonier erzählte die Geschichte von seinem Bein kurz, wie eine allgemeinbekannte Sache, eine langweilige.

Durch jene Granate war nicht nur sein Bein draufgegangen, sondern auch zwei Freunde, gute. Danach fanden sie wenigstens das Bein, was mit den Freunden nicht der Fall war. Das Bein nahmen sie in eine Zeltplane eingewickelt mit. Der Slawonier sagte: „Dieses Bein hab' ich geliebt!" Dann erzählte er, wie die Beerdigung war. Im Graben hatten sie Bretter gefunden, von den Brettern einen kleinen Sarg gezimmert, einen länglichen, so etwas wie eine Kiste. Das Bein legten sie in irgendwelche Lumpen und dann beerdigten sie es nach allen Regeln der Kunst. Am Grab, 18 km von Šid entfernt, steht: „Das Bein von Duško, Maschinengewehrschütze und Kamerad!"

Während der Slawonier erzählte, war zu sehen, daß Efreem Badulji ihn sehr aufmerksam betrachtete. Man sah, daß dieser Meister scharf nachdachte, als er auf das leere Hosenbein des Maschinengewehrschützen der Einundzwanzigsten Serbischen Division, eines Stoßtrupps, schaute. Am nächsten Tag tauchte er pfeifend auf, unter dem Arm hatte er ein Holzbein, ein beinahe so gutes, wie es das vor Šid auf dem achtzehnten Kilometer beerdigte Bein war.

Das ist das Ende der Geschichte über das Tischlerhandwerk, nicht aber über das andere.

Über ein rühmliches Volk, das der Kellner

Im Jahre neunzehnhundertfünfundvierzig sprach Onkel oft über die berühmte äquilibristische Nummer des Volkskünstlers Petrašinović, der auf einer Stange stand. Die Tanten erzählten den bekannten russischen Film, in dem eine nackte Frau aus einem Kanonenrohr geworfen wird. Doch Papa sagte: „Was ist das schon gegen das Tragen von vierundzwanzig Gläsern in einer Hand, und das ohne Tablett!“ Ich dachte, all das gehöre zum selben Fach, zum darstellerischen. Papa erzählte in Wirklichkeit von einem Kellner, einem Helden der Kneipenarbeit, die Papa am liebsten war.

Der Kellner wohnte während des ganzen Krieges in der Nachbarschaft, sehr nahe, aber man sah ihn kaum. Die Tanten erklärten: „Das ist, weil er nachts zwischen den Tischen herumrennt und tags schläft wie ein Klotz!“ Opa sagte: „Ein Lump bleibt ein Lump!“ Papa widersprach: „Das ist der Dank dafür, daß er rackert wie ein Pferd!“ Papas Freunde hießen Alkalaj, Debicki, Dingarac und dann, seltsamer geht's nicht, Šumider. Die ersten drei waren Meister im Handstand, letzterer beschäftigte sich mit dem Füllen von Gläschen, sehr kleinen. Onkel erkundigte sich: „Hat der bei Vladimir Zabolotni im Bistro ‚Smederevo' oder bei Mate Vukomanović im ‚Barajevo' gearbeitet!" Papa antwortete: „Nein!" Šumider hatte die allermeisten Getränke eingeschenkt, die Papa zwischen den Jahren einundvierzig und vierundvierzig im Herzen des geknechteten Europa getrunken hatte. Wenn er ausgeschlafen hatte, begann Papa von Šumider zu erzählen, unverständliche Dinge, schöne und sehr lobenswerte. Auf diese Weise sprachen die Tanten über Beniamino Gigli, den beliebten Helden der Opernbühne, so sprach Opa über General Clark, der durch Italien marschiert war. Ich dachte am Anfang, Šumider sei ein General, nur ein getarnter.

Wir hatten eine Hausaufgabe mit dem Thema „Was ich werden will und warum!" Alle schrieben: „Ich möchte Millionär oder Pilot werden!" Ich schrieb: „Ich möchte Kellner werden in Anbetracht des künstlerischen Tragens von Gegenständen und des Haltens von Dingen über dem Kopf, vor Publikum!" Ich schrieb auch noch das: „Das Kellnerleben ist schön, weil es sich nachts abspielt, während man tagsüber im Bett schläft und im schwarzen Anzug über die Terrasse spaziert!" Die Tanten fügten hinzu: „Wirklich, wenn wir ihn durch einen glücklichen Zufall am hellichten Tag sehen, denken wir immer, er sei Minister!" Mama las, was ich geschrieben hatte, und fragte mich: „Denkst du denn gar nicht an die Venenerweiterung, die sie vom Stehen haben!" Ich antwortete: „Nein!" Mama erklärte dann: „Ein Kellner kann jederzeit einen Soda-Siphon auf den Kopf bekommen, ohne daß er überhaupt schuld ist!" Ich antwortete: „Was kann man da machen!" Onkel erzählte: „Ich hab' eine Kellnerin gekannt, die kein einziges Glas fallen ließ, trotz der ganzen Grabscherei!" Mama zerriß anschließend meine Hausaufgabe und verlangte, daß ich schreibe: „Ich möchte Arzt, Ingenieur oder Doktor des Rechts werden, ungeachtet aller Gefahren dieser Berufe!“ Die Deutschen hatten ein Plakat mit den Namen von Erschossenen aufgehängt, neben den Namen stand „Privatsekretär“, „ohne Beruf“ oder nur kurz: „Kellner“. Papa richtete den Finger darauf und meinte: „Was sage ich euch!“ Über Kellner dachte Papa immer gleich beziehungsweise wie über Helden. Papa lobte weiterhin das Leben und die Arbeit des Kellnervolkes, des männlichen wie des weiblichen, bis in die kleinsten Einzelheiten. Mama wollte ihn wegen der Anwesenheit des Kindes unterbrechen, aber die Tanten baten ihn weiterzuerzählen, ungeachtet der Folgen. Die Tanten hörten Papa atemlos zu, so war es nur noch einmal gewesen, als ihnen Onkel die Oper über die Liebe von Mario Kavaradosi, einem Maler, und einer Kneipensängerin, die sich später umgebracht hatte, erzählte. Die Geschichte über die Kellner bezauberte meine Tanten, die sehr empfindsamen, voll und ganz. Mama ärgerte sich: „Ist es denn nicht unter der Würde, ständig jemandem ein Glas Wein zu servieren!“ Die Tanten sagten: „Nein!“ Onkel mischte sich ein: „Nach dem Krieg wird das alles verboten, in Anbetracht der Gleichberechtigung unter den Menschen!“ Papa warnte: „Das werden wir noch sehen!“

Im Jahr vierundvierzig fragte ein russischer Leutnant, der Minen suchte, Blindgänger: „Šumider, eto germanskoje imja![19]“ Mein Papa garantierte: „Wo denn her!“

Im neuen Leben, das sich eben erst abzeichnete, setzte Šumider seine Arbeit, seine unumgängliche, gleich fort. Den stark erschöpften, völlig hungrigen Menschen sagte der größte Kellner in unserer Nachbarschaft und Europa, kurz der

19 Šumider, das ist ein deutscher Name! (A.d.Ü)

Kellner von Papas Leben: „Womit kann ich Ihnen dienen!" und ähnliches. Leutnant Vaculić, unser Freund, immer verschwitzt vom Jagen des Feindes, erklärte: „Ich steh' im Dienst des Volkes bis zu meinem Tod!" Für mich war das alles ähnlich. Vaculić kam immer spät, völlig durchgefroren, er wärmte sich am Herd und erzählte: „Ich hab' schon wieder Nachtschicht gehabt, verdammt nochmal!" Šumider zeigte meinen Tanten Schwellungen an den Beinen, Mama nahm Reißaus: „Da, nun siehst du, daß ich mit den Venenerweiterungen nicht gelogen hab'!"

Es war in den ersten Tagen der Freiheit, die Leute hatten verschiedene Berufe, aber alle arbeiteten sie irgendwie die gleichen Sachen. In dieser ziemlich unklaren, verworrenen Zeit fiel mir dennoch auf, daß sich einige Sätze wiederholten, andauernd. Einer von ihnen war: „Wir dienen dem Volk!", ein ebenso soldatischer, kämpferischer wie kellnerischer Satz. Dann forderte man Šumider auf, eine Rede über den Zweck seiner sowie fremder, allgemeiner Arbeit zu halten. Šumider ließ in seine Rede Wörter wie „bitte sehr", „danke schön", „sofort zu Diensten" einfließen, die er sich nicht abgewöhnen konnte, aber dann auch neue, allgemein bekannte wie „Tod dem Faschismus", die Leute klatschten, sehr lange. Šumiders Rede war wirr, unverständlich, aber man konnte daraus dennoch schließen, daß er weiterhin Bier, die positive Flüssigkeit der Menschheit, ausschenken würde. Dieser Werktätige schien aus dem Publikum ständig auf den Ruf: „Zahlen bitte!" zu warten, denn das war das Jahr, in dem man große Rechnungen, historische, ahnte. In dem sehr nüchternen und doch vom Getränk der menschlichen Freiheit berauschten Jahr trugen Vaculić und unser Freund Šumider, der Kellnerkönig, das neue Leben in ihrem Herzen wie auf einem Tablett, allen zugänglich.

Im Ministerium für Mamas Angelegenheiten in der Zeleni-Venac-Straße

Mama ging in einer speziellen Mission eine Etage tiefer zu Frau Darosava. Dort sagte sie, sie wolle sich wegen Onkels Verhalten gegenüber ihrer kleinen Schwester entschuldigen: „Er ist nicht schuld, daß er ihr gleich ein Kind gemacht hat!" Frau Darosava erklärte, das werde nach hundertjähriger Freundschaft den Kriegszustand zwischen ihnen auslösen. Mama versuchte auch anderswo im Haus diese oder jene Sache zu erwirken, meist ohne Erfolg. So sagte sie zu dem Schneider im Parterre: „Können Sie meinem unglücklichen Sohn kostenlos ein paar Hosen schneidern, mein Bruder repariert dafür den Wecker ihrer lieben Frau!" Opa meinte daraufhin: „Wenn er so verrückt ist, darauf einzugehen!" und dachte an den Fall mit der Schwester von Frau Darosava, der hochschwangeren. Mama kümmerte sich überhaupt nicht um solche Einwände, so wie sich jeder Bedienstete, in der Diplomatie, verhält. Sie ging im Haus rauf und runter, von Stockwerk zu Stockwerk, mit gewaltigen Plänen, um mit Hilfe von Fräulein Rafajlović, einer Friseurin, ein Bündnis gegen Frau Tucaković, die in einer Parfümerie arbeitete, zu schließen. All das erforderte viel Zeit, so daß sich Opa bereits zu ärgern begann: „Wer kocht uns dann dieses verdammte Kraut mit Schaffleisch!" Onkel, der ein ständiger Anlaß für Mamas Aktionen war, erklärte: „Ihr fehlen nur Zylinder und Handschuhe, dann kann sie dem aufgeblasenen Hausherrn Akkreditive überreichen!" Mama empörte sich: „Wenn es euch nicht paßt, trete ich zurück!" Unaufhörlich war ein Kampf zwischen den unterschiedlichen Interessen der einzelnen Nachbarn spürbar, abhängig davon, ob jemand im fünften Stock oder im Souterrain wohnte, wo es immer dunkel wie im Sack war. Mama schob in diesem Sinne Zettel unter der Tür dieser oder jener Nachbarin durch, mit der kurzen Bemerkung: „Wir oder Sie!" Zu dieser Zeit mauschelte Herr Ribbentrop mit unserem Minister Cincar-Marković, um der schwachen griechischen Armee Saloniki abzunehmen. Papa verhandelte sehr erfolgreich mit einer Blumenfrau in einem Geschäft voller Nelken, nur Mamas Rolle fiel sehr kläglich aus, als sie fünf Kilo Kartoffeln auf Kredit haben wollte, weil der Gemüsehändler fragte: „Und was krieg' ich dafür!" In diesem Augenblick versprach der russische Gesandte Plotnjikov unserem Minister fünfzig Flugzeuge, obwohl nicht unbedingt alle einen Propeller hatten. Eine Tante wagte zu sagen: „Warum schickt ihr mich nicht als Attaché zu dem Bankangestellten im Nachbarhaus, auch wenn der Arme ein etwas kürzeres Bein hat!" Opa fragte sich: „Wie schaffen es bloß all die Diplomaten, durch Mauscheln etwas für sich herauszuholen, und wir nicht!" Mama erklärte: „Weil sie bessere Manieren haben!"

Das stimmte überhaupt nicht. Als Papa im Radio eine Rede des feinen Ministers Goebbels hörte, der immer weiße Handschuhe anhatte, sagte er: „Der brüllt ja wie ein Tier!" Nach seiner Ankunft im zerstörten Belgrad befahl Hitlers Gesandter, alle Juden aufzuhängen, und zwar an den Füßen. Opa schloß: „Was hab' ich euch gesagt!"

Von der Kunst des Anschmierens und Färbens

In den Kriegsjahren änderte sich das Malergewerbe nicht, fast überhaupt nicht. Opa behauptete: „Wer soll jetzt Aleksandar Gombar bezahlen, wo wir nicht mal genug Geld für Brot haben!“ Mama sagte: „Wenn ich Farbe hätte, würde ich alle Wände schwarz anschmieren!“ Opa meinte: „Du mußt nicht gleich zeigen, was du denkst!“ Papa sagte: „Mich schmiert Adolf Hitler jeden Tag über die Radiowellen an, nur lasse ich mich nicht unterkriegen!“ Hitler brüllte aus dem Radio: „Jetzt werden wir Rußland von der Karte der Menschheit radieren!“ Selbiger sagte das auf deutsch, aber daß er einen anschmierte, spürte man sofort. In der Nachbarschaft erwischte ein Mann seine Frau mit einem Schuster, sie sagte: „Mit diesem Schuster habe ich nichts zu tun, obwohl er keine Hose anhat!“ Der Mann drohte ihr: „Was, ausgerechnet mich willst du anschmieren!“ Dasselbe antwortete auch Opa, als ihm ein Typ ein Kilo synthetischer Butter anbot. Das sagten auch die Befreiungskämpfer der Einundzwanzigsten Serbischen Division, die in unseren Keller einfielen und fragten, ob Feinde der Vierten Internationale da seien, und wir nein sagten. Ein sehr kleiner Offizier in Stiefeln spazierte zwischen uns herum, sah allen ins Gesicht und sagte: „Viel Klügere als ihr konnten mich nicht anschmieren, wie z. B. die Professoren und Schriftsteller, die ich wegen verschiedener Fehler in ihren Büchern verhaftet habe!" Wir sagten: „Was können wir machen, bei uns ist es so!" Das war nur ein kleines Gespräch über das Anschmieren, zwischen zwei Salven mit dem Maschinengewehr, im Hof. Wenn Sie unbedingt wollen, gab es da keinerlei Kunst, nicht einmal die Maler- und Anstreichkunst, aber einerlei. Früher waren die Maler mit Eimern, Linealen gekommen, und was das Wichtigste war, sie stiegen gleich auf die Leiter, hoch hinauf, bis zum Plafond. Opa fragte: „Wo sind sie denn!" Sie winkten ihm von oben zu: „Da sind wir, Sie brauchen sich keine Sorgen zu machen!" Mama fragte: „Meister, möchten Sie einen Schnaps!" Die Maler stiegen gleich von der Leiter, nahmen ein Gläschen und sagten: „Das wär' doch nicht nötig gewesen!" Opa sagte: „Bis sie heruntergekommen und wieder hinaufgestiegen sind, hätten sie die ganze Wand färben können." Mama prahlte in der Nachbarschaft: „Prima Leute, ein Ungar mit seinen zwei Söhnen, bettelarm, aber streichen tun sie wunderbar!" Die Nachbarin antwortete: „Warten Sie erst mal ab, bis sie fertig sind, dann werden wir sehen!" Opa sagte später: „So hätte ich das auch gekonnt!"

Danach, in der Kriegszeit, der wirren, wurden die Maler gedrängt, ein großes „V" an die Häuser zu schreiben, das Zeichen von Hitlers Sieg über die Menschheit. Die Maler rechtfertigten sich später: „Wir schreiben nur diesen einen Buchstaben, und Hitler hat einen Scheißdreck davon!" Opa empörte sich: „Was habt ihr auch nur den einen Buchstaben zu schreiben, wenn er sich darüber freut!" Die Maler sagten: „Und du gibst uns dann was zu essen!" Mama fragte: „Meister, wie kann ich ein altes Kleid neu färben, wir haben nur grüne Farbe!“ Die Maler sagten: „Stopf alles in einen Topf, und rühr um!“ Mama hörte auf sie, das Kleid bekam eine völlig neue Farbe, d. h. es wurde bunt. Mama riß das Kleid gleich in Stücke, die Maler sagten: „Eine Wand ist eins und etwas anderes alte Fetzen. 'tschuldigung, wir sind da keine Fachmänner!“ Onkel erkundigte sich: „Wie können wir eine rote Fahne machen, wo sich die russische Kavallerie doch unaufhaltsam nähert!“ Die Maler sagten: „Besser ohne Färben, sondern schneidet ein Stück von einem roten Schlafrock ab, und macht es nur an einen Besenstiel!“ So begann unser Färben ohne irgendwelche Farben, allein mit Hilfe der Schere und anderer nützlicher Gegenstände. Dann kamen die Soldaten, die russischen wie auch unsere, die Soldaten verteilten gleich Pappe mit Löchern, diese Löcher stellten Buchstaben dar, ausgeschnittene, nicht existierende. Die Soldaten erklärten: „Mit dieser Pappe schreibt ihr ein paar Wörter an die Wände, damit das Volk sie liest!“ Opa fragte: „Was ist denn das!“ Sie antworteten: „‚Min ne obnaruženo.‘[20] Ihr sollt nicht fragen, sondern nur anschmieren!“ Wir nahmen die Pappe, mit der wir Wörter zu schreiben begannen, die wir nie gehört hatten, alle wunderten sich. Opa behauptete: „So was können sich nur die Russen ausdenken!“ Ein kleiner Offizier in Stiefeln spazierte herum und sagte: „Alles, was weiß war, wird jetzt schwarz und umgekehrt!“ Dann räusperte er sich und meinte: „Wir sind die Färber der neuen Welt!“ Opa fragte ihn: „Haben Sie denn eine Arbeitserlaubnis!“ Der kleine Offizier sagte: „Sieh mal einer an!“, und dann zeigte er eine Pistole, eine sehr große,

20 Minengefahr (A. d. Ü.)

die ihm bis zu den Knien herabhing: „Hier isse, meine Erlaubnis!“ Opa sagte: „Dann ist es in Ordnung, das hab’ ich nicht gewußt!“

Das war das Jahr vierundvierzig, mitten im Herbst, im umwälzenden. Auf einmal schienen sich alle Leute, Soldaten, Offiziere, meine Familienmitglieder, mit einem einzigen Gewerbe zu befassen, dem der Färber, aber dabei blieb es nicht. Am Anfang dachten wir, die Arbeit des Umfärbens alter Farben werde mit dem Zeigen von Pistolen und anderen Grobheiten einhergehen, aber danach änderte sich das. Zuerst glaubten wir, daß wir in unserem neuen Leben nur eine Farbe, die rote, verwenden würden, aber das taten wir nicht. Leutnant Vaculić erklärte uns: „Es gibt noch viele andere Farben, ein ganzes Spektrum, das sich im Sonnenuntergang wiederfindet, und sie alle sind ganz menschlich!“ Die Tanten zogen den Schluß: „Unsere Arbeit in der Aquarellkunst wird man endlich achten und schätzen!“ Wir alle verwendeten rote Farbe als Erkennungszeichen, aber wir warfen uns auch auf die anderen, die Bestandteile des Sonnenuntergangs nach den Anleitungen unseres Genossen, des Leutnants Miodrag Vaculić, Liebhaber der Natur. Von den restlichen Farben verwendeten wir am häufigsten die weiße, die Farbe menschlicher Reinheit, die unsichtbare Farbe weiblicher Unschuld, schließlich die Farbe der Kreide, mit der wir unsere gefallenen Genossen bestreuten sowie auch die anderen, die Bestien, die wir mit eigenen Händen erschossen hatten, mit den von der Farbe der Freiheit stark eingeschmierten Händen.

Über die Kochkunst

Im Jahre neunzehnhundertdreiundvierzig, im Krieg, sagte Opa: „Ich hätte Lust, einen Stuhl zu zerhacken, ihn zu kochen und aufzuessen!“ Onkel erzählte: „In einem Film ißt Charley Chaplin seinen besten Freund und dessen Schuhe auf!“ Papa fügte hinzu: „Das machen die Schwarzen in ihren Dschungeln jeden Tag, beziehungsweise essen sie Weiße auf dem Rost!“ Mama fragte sich: „Wie können sie nur!“ Ich rief aus: „Und die Italiener essen Katzen!“ Voja Bloša behauptete: „Ich hab’ mal bei Herrn Mendragić 25 Cremeschnitten gegessen!“ Gleich antworteten sie ihm: „Du hältst den Mund!“ Ich meinerseits wußte, daß Voja recht hatte, aber ich ließ sie.

Opa sagte: „Wo sind bloß die Köche von früher und ihre blöden Mützen!“ Onkel erinnerte sich: „Ich hab’ auf einer Unterhaltungsveranstaltung vor dem Krieg gesehen, wie sich der Herr Minister mit einer Kochmütze und in Gesellschaft der größten Schönheiten fotografieren ließ!“ Mama sagte: „Der hat’s leicht!“ Das war alles, was wir uns im Hinblick auf die Kochkunst, die nun nicht angewandte, gemerkt hatten. Opa sagte nur noch das: „Ich glaub’, Churchill ißt noch heute Wiener Schnitzel, trotz Krieg!“ Onkel verkündete: „Was man jetzt tun kann, ist, eine Frau flachzulegen, die völlig hilflos ist!" Im Jahr vierundvierzig verschwand die Kunst der Zubereitung von Soßen und anderem Blödsinn, aber andere Künste wurden fortgesetzt, ebenso menschliche. Papa behauptete: „Ein paar Taugenichtse wollen mich weichkochen, daß ich bei einem unehrlichen Handel auf dem Schwarzmarkt mitmache!" Opa gestand: „Mich wollen zwei Rüpel weichkochen, daß ich ihnen Geld gebe, damit sie es denen im Wald bringen!" Auch die Tanten mischten sich ein: „Uns wollte noch vor dem Krieg ein Hersteller von Perserteppichen weichkochen, daß wir ihn heiraten, aber da hatte er sich geschnitten!" Onkel behauptete weiterhin: „Jetzt kannst du eine Frau, deren Mann in Gefangenschaft ist, in fünf Minuten weichkochen!" In der Schule sagte man mir: „Zeichne einen Topf und was man darin kocht!" Zuerst wollte ich meinen Opa zeigen, den die zwei Typen weichkochen wollten, die Frau des Gefangenen, die mein Onkel weichkochen wollte, und solche Sachen, aber ich zeichnete dann doch nur eine Kuh, die aus dem Topf herausbrüllte: „Muh!", eine Art Hilferuf. Der Lehrer fragte mich: „Wo hast du das gesehen!" Ich antwortete: „Nirgends." Mama fand Ausschnitte aus alten Zeitungen, dort stand alles über die Zubereitung holländischen Spargels nach dem System von Spasenija Pate Marković, der größten Schriftstellerin aus der Kochbranche. Mama begann, geheimnisvolle Rezepte aus einer bereits zerfledderten Zeitung vorzulesen, Opa empörte sich: „Ich verbiete dir, laut übers Schlemmen zu reden, solange mein Magen knurrt!" Mama hörte dann auf. Onkel sagte: „In alter Zeit schlugen sich die Könige den Bauch voll, bis sie nicht mehr konnten, dann übergaben sie sich und machten sich wieder über das Essen her!" Papa ging genau da hinaus, um sich zu erbrechen, auch er. Als sie kamen, die

Kämpfer der Einundzwanzigsten Serbischen Division mit Leutnant Vaculić an der Spitze, trafen sie Papa gerade dabei beziehungsweise beim Erbrechen an. Leutnant Vaculić fragte gleich: „Macht er das wegen uns!“ Mama antwortete: „Ach wo, wegen dem verdammten Alkohol!“

Das Leben wurde bald besser. Irgendwelche Leute kamen und fragten: „Gibt es Sangwitsche!“ Opa sagte: „Was ist denn das!“ Sie erklärten: „Ein Stück Brot mit obendrauf was zum Essen!“ Die Tanten erzählten: „Wir haben schon vor dem Krieg fortschrittliche Sandwiche mit Hammer und Sichel aus Roten Rüben gemacht, aber das erkennt man uns jetzt nicht im geringsten an. Kurz darauf verteilte Leutnant Vaculić an uns Bilder von Kliment Vorošilov auf dem Pferd sowie Kaugummi, amerikanischer Herstellung. Er sagte noch: „Kaut, soviel es euch gefällt, bloß schluckt ihn nicht runter.“ Opa ärgerte sich: „Wozu soll ich dann kauen!“ Vaculić erklärte den Gebrauch von amerikanischem Kaugummi im Augenblick des Angriffs und anderer Ereignisse, was gleich die Nerven und den ganzen Organismus beruhigt. Leutnant Vaculić setzte die Verfolgung des Feindes, des immer noch zähen, fort, wir saßen am Tisch, klatschten der Freiheit, die so plötzlich gekommen war, Beifall und kauten Kaugummi, süßlichen, amerikanischen. Dann begannen wir, ihn zu ziehen. Die kostbare Nahrung mit Unterhaltungswert, erprobt durch amerikanische Soldaten beim Sturm auf die japanischen Bestien, hielten wir mit den Zähnen fest, gleichzeitig zogen wir ein Ende so weit hinauf, wie wir konnten. Onkel war am geschicktesten, er wickelte den Kaugummi um das Ohr, um die Stuhllehne, um alles. Opa empörte sich: „Das ist immerhin Essen, wenn auch unbrauchbares!“ Onkel ließ sich dadurch nicht davon abhalten, weitere seltsame Verwendungsmöglichkeiten des amerikanischen Kaugummis zur Beruhigung der Nerven, der menschlichen, zu erkunden. Die Tanten kreischten: „Er hat ihn uns in die Haare geklebt!“ Mama schrie: „Er hat ihn mir auf den Stuhl getan, von dem ich nicht aufstehen kann!“ Im Jahr vierundvierzig, erfüllt von großem Hunger, waren wir hingerissen von der ersten Mahlzeit, die wir von den Amerikanern bekommen hatten, aber diese engte uns doch in unserer Bewegungsfreiheit ein und auch sonst.

Dann warnte uns Onkel: „Im ganzen Haus lauter Soldaten, da ist was am Kochen!“ Die Soldaten gingen von Wohnung zu Wohnung und erkundigten sich, wer was während des Krieges getan hatte und warum. Aus einem anderen Gebäude kam die Mama meines Freundes Igor Černjevski angerannt und sagte: „Ich hab’ Angst um das Kind, ihr wißt doch, daß sein Vater in Rußland verschwunden ist, siebenunddreißig!“ Opa sagte: „Wir haben keine Ahnung!“ Sie bat: „Verwirrt sie irgendwie, ihr steht doch mit ihnen auf gutem Fuß!“ Opa sagte erneut, nur leiser: „Was quatscht die mich voll!“ Ich hatte erst gedacht, es gehe um die Zubereitung eines Abendessens, sah aber hinterher, daß das nicht der Fall war. Leutnant Vaculić erkundigte sich kurz nach dem Vater Vasili Černjevski, der die meisten Bücher in der Gegend gelesen hatte, aber danach verschwunden war, im Jahr siebenunddreißig, im Sommer. Vaculić sah Vasjas Sohn, Igor, an und erklärte seiner Mutter: „Machen Sie sich keine Sorgen, Genossin, die Revolution frißt ihre Kinder, aber sie frißt nicht die Kinder ihrer Kinder!“ Das habe ich mir als den wichtigsten Satz aus dem Bereich der Kochkunst gemerkt, als einen sehr wichtigen für diese Phase unseres Lebens und überhaupt.

Das Schneidergewerbe

Als man mich das erste Mal in die Schneiderei des Herrn Kalinović mitnahm, bemerkte ich gleich einen Geruch, einen stickigen, feuchten, den Geruch alter Fetzen, gestärkter und dann erwärmter. Das kam vom Bügeln in einem Zimmer ohne Fenster, aber dann auch wegen der Leute, die ringsum saßen und warteten. Beim Schneider wartete immer jemand darauf, daß man ihm einen Ärmel fertigmachte, der Schneider stützte sich auf sein Bügeleisen, darunter dampfte es. Opa, der mit mir gekommen war, sorgte sich: „Und wenn er verbrennt!" Der Schneider antwortete: „Das tut er nicht!" Ich stellte fest, daß das Bügeln eines neuen Ärmels viel länger dauerte, als wenn Mama Papas Hose bügelte, beim Schneider ging alles langsam, würdevoll vor sich, aber es stank. Beim Schneider gab es noch ziemlich viele interessante Sachen, wie Lineale, große Scheren, Holzpuppen, die lebendige Menschen darstellten. Ich fragte gleich: „Warum haben wir keine Holzpuppe!" Mama antwortete: „Die hat uns gerade noch gefehlt, auch so steht bei uns alles auf dem Kopf!" Es gab auch ausgeschnittene Stücke Zeitungspapier, die künftige Anzüge vorstellten, Mama beklagte sich:

„Wenn ich nur diesen Schnitt hätte, könnte ich selbst alles nähen, was mir vorschwebt!“ Früher hatten die Frauen in unserem Haus immer etwas über irgendwelche Schnitte zu tuscheln gehabt, ich hatte gedacht, das sei etwas Verbotenes und nichts für Kinder: Als ich zum ersten Mal in einer Frauenzeitschrift nackte Mädchen sah, die sich umzogen, begriff ich, daß es die Wahrheit war. Dennoch, die wichtigste Sache in der Schneiderwerkstatt war der Magnet, ein Stück Eisen zum Aufsammeln der Nadeln vom Boden, an den Enden war dieses Eisen rot gefärbt.

Jetzt, im ersten Winter der Freiheit, einem sehr frostigen, war es anders. Sie stellten fest, daß ich zu sehr gewachsen war, ich hatte keinen Wintermantel mehr. Aus dem Schrank zogen sie Mamas alten Pelz, ausgehaart und lila vom Regen. Den Pelz schauten sie an, flickten ihn und kürzten ihn dann mit der Schere. Mama sagte: „Was anderes haben wir nicht!“ Den Pelz stopfte ich in die Hose, die sie zuvor weiter gemacht hatten. Darüber zog ich eine weiße Sommerwindjacke aus Ballonseide an, eine Fliegerjacke. Mama sah mich an und seufzte, ich ging los, um im Gymnasium für die Sache der Volksfront Agitation zu betreiben. Dort kam ich mit dem Pelz an, mit dem von Mama, lila vom Regen, in die Hose gestopft. Mein Kopf war sehr klein im Vergleich zum Körper, der riesig geworden war, durch den Pelz. Ich schlug mit der Faust auf den Tisch und schimpfte auf die Volksfeinde, ein Knopf an der Windjacke ging auf, dort quollen die Haare von Mamas Pelz heraus. Die Gymnasiasten gafften, einer schrie: „Uahh, ein Pelz!“ Ich beendete meine Rede, ging zurück nach Hause und sagte: „Den Dreck zieh' ich nicht mehr an!“ Opa meinte: „Sei froh, daß du ihn überhaupt hast!“ Mama sagte: „Mein armes Kind!“

Dann fanden sie einen Mantel, einen Soldatenmantel, hier und da von einer Kugel durchlöchert, sie versuchten gleich, ihn zu färben. Den Mantel, den leicht stinkenden, den Soldatenmantel, kochten sie in einem Topf. Früher hatten sie in dem Topf allerlei Suppen gekocht, jetzt stopften sie zum ersten Mal den Mantel eines gefallenen Kämpfers der Einundzwanzigsten Division hinein sowie Farbe aus einem Beutelchen, vorgefunden im Haus, von vor dem Krieg. Der Mantel wurde den ganzen Tag gekocht, gegen Abend holten sie ihn heraus wie einen Verletzten, einen sehr schwer Verletzten. Der Mantel dampfte im Frost und gefror gleich, auf die Wäscheleine gehängt, glich er einem Erhängten. Am Morgen brachten sie ihn in die Küche, erstarrt, erst da bemerkten wir seine richtige Farbe. Im Jahr fünfundvierzig zogen die Leute, graue, blaue, grüne Mäntel an, je nachdem. Dieser war rot, im Geiste der neuen Kunst. Erst da gestand Opa: „Das ist aus Brasilienholz für Ostereier!“ Das ließ sich nicht mehr reparieren.

Schneider gab es keine. G. Kalinović, seine ausgezeichneten Bügler, seine Gehilfen, die mit dem Magnet die Nadeln vom Boden aufgesammelt hatten, sie alle arbeiteten in der Militärnäherei in der Straße des Marschalls Pilsudski, des nun schon verstorbenen. Die einen stellten Ärmel her, die anderen schnitten nur Rücken zu, keiner von ihnen konnte mehr einen ganzen Mantel machen, selbständig. Für den roten, dem Agitator für die Sache der Volksfront zugeteilten Mantel fand sich keiner, der ihn hätte ändern können. Dann brachten sie zwei Leute an, sie waren blind. Opa sagte: „Eine schöne Parade!“ Sie antworteten: „Wir sind normal, wir sehen nur nichts!“ Die Schneider tasteten mich ab, mit ihren Spannen maßen sie die Abstände an meinem Körper aus, meinem sehr mageren. Opa korrigierte sie: „Nicht da, sondern tiefer!“ Mama sagte: „Laß sie!“ Sie antworteten: „Danke!“ Damit waren die Schneider sehr lange beschäftigt, dann gingen sie dazu über, den Mantel, den gefärbten, abzutasten. Allen taten sie wegen ihres Defektes leid, eine Tante konnte sich nicht zurückhalten, sie sagte: „Er ist rot, daß Sie es wissen!“ Die Finger der vortrefflichen Meister, obwohl blind, begannen auf dem gekochten, dann gefärbten Tuch zu zittern, das konnte ich gleich sehen. Es zeigte sich, daß sie trotz allem viel über die historischen Veränderungen sowie über die Farbe dieser Veränderungen wußten. Der Mantel fiel hervorragend aus. Er war maßgeschneidert und gleichzeitig gefährlich, an sich schon. Der Mantel gab mir Wärme, aber auch Sicherheit, genauso. Mit dem Mantel hatte ich großen Erfolg. Kein Gelächter mehr, auch nicht mehr die kleinste Geringschätzung. In dem Mantel begann ich kürzer und besser zu sprechen, der Mantel sprach auch für sich selbst. Ich redete über die Abstimmung gegen den Feind, über den Schwarzmarkt, den schändlichen, aber auch über das Schneiderhandwerk, das unter den neuen Bedingungen ungeahnte Ergebnisse erbrachte.

Über die Schneiderei habe ich nur noch folgendes zu erzählen. Als dem Leutnant Vaculić, müde vom Jagen des Volkfeinds, Schaum vor dem Mund austrat, schrien seine Genossen: „Drück ihm nur etwas Eisernes in die Hand!“ Onkel gab ihm eine große Schere, eine Schneiderschere. Vaculić zerschnitt in einer ungesunden Euphorie, im Jahr fünfundvierzig, im Januar, den kompletten Jahrgang 1942 der Zeitung „Sport“, Mamas Hausmantel mit einem japanischen Drachen auf dem Rücken; als er versuchte, die Decke auf Opas Bett, eine Pferdedecke, durchzuschneiden, kam er wieder zu sich. Leutnant Vaculić, nun schon ganz gesund, entschuldigte sich wegen des angerichteten Schadens, vorsichtig legte er die Schere auf den Tisch, aber auf das Zuschneiden unseres Schicksals, unserer Zukunft überhaupt verzichtete er nicht, niemals.

Das Feiergewerbe unter neuen Bedingungen

Japan, das Land der aufgehenden Sonne und des Faschismus, kapitulierte im August fünfundvierzig auf dem weißen amerikanischen Schiff Missouri. An Deck kam der japanische Minister Schigemitsu, verneigte sich vor dem amerikanischen General MacArthur bis zur Taille und setzte seine gezackte Unterschrift unter das schmachvolle Schriftstück. Er humpelte. All das sahen wir im Keller des Kinos „Korzo" auf den Terazije Nummer fünf, als Vorfilm zu „Der Champion", ebenfalls komisch. Überhaupt begriffen wir, daß alle Japaner Gesichter haben, die immer lachen, mit Hilfe einer Brille. Schigemitsu, der japanische Minister, lachte allerdings doch nicht, das taten wir anderen, im Kinosaal. Dann forderte mich Voja Bloša auf: „Komm, wir gehen eine Ungarin angukken, die mit dem Kopf in einer Vase verschwindet!" Ich fragte: „Wo!" Das war auf einem leeren Platz, hinter dem Markt. Ein Typ stand vor einem Laken und fragte die Ungarin, ob sie verheiratet sei. Der Kopf der Ungarin antwortete aus einem großen Einmachglas: „Wie kann ich verheiratet sein, wo ich gar keinen Körper habe!" Danach klatschten alle. Mama ermahnte mich: „Geh dir nur solche Straßendirnen anschauen, du wirst dich anstecken!“ Voja Bloša antwortete ihr: „Wir schauen uns bloß einen Roman in Bildern an, den sich ein Onkel, ein Tscheche, ausgedacht hat!“ Das stimmte. Der Tscheche breitete an der Wand einer Baracke ein großes Leintuch aus, darauf befand sich der komplette Roman, Bildchen für Bildchen. Der Tscheche rezitierte irgendwelche Verse, unverbundene, und zeigte mit einem Lehrerstab auf die Ereignisse. Die Romane waren von vor dem Krieg, aber es gab auch einen neuen, umgearbeitet mit Hilfe von Lazar Alobić, dem berühmten Volksdichter, der sein Buch in einem Lokal verkaufte. Papa behauptete: „Ich kenne ihn persönlich, ich hab’ sein Buch für fünf Zehner gekauft!“ Der Tscheche verwandelte den unbrauchbaren Roman „Die verzauberte Prinzessin“ tatsächlich in einen neuen, der „Tod des Kommunisten“ hieß, indem er der Prinzessin einen Schnurrbart zeichnete, ihre Brüste übermalte, und da waren auch Gitter sowie ein unmenschlicher Wächter, ein deutscher. Der Tscheche sagte: „Liebe Mutter, bleib stark in deiner Not, ein Schüler Lenins fürchtet nicht den Tod!“, was ebenfalls aus der berühmten Sammlung von Alobić stammte. Mama glaubte schließlich an den Nutzen der tschechischen Veranstaltung, hinter dem Markt.

Am selben Ort beobachteten Voja Bloša und ich einen Mann, der Teller, Messer, Rasierklingen vor aller Augen aß. Mama drohte mir: „Daß du mir nicht zufällig versuchst, etwas Scharfes zu verschlucken!“ Opa sagte: „Er ist doch wohl nicht verrückt!“ Hinterher sahen wir zu, wie Ringe auf Flaschen mit falschen Etiketten geworfen wurden. Papa meinte: „In den Flaschen muß irgendein Trester sein!“ Mama sagte zu mir: „Egal, wie es ist, probier das ja nicht!“ Ich erzählte: „Und was sagt ihr zu dem Leim, den sie am Stand verkaufen und mit dem man jeden zerbrochenen Teller kleben kann, für immer!“ Mama antwortete: „Was bei uns gesprungen ist, das ist mein eigenes Leben, und dafür gibt es keinen Kleber!“ Und doch, das Leben wurde vergnüglicher. Manche Leute begannen, vor Glück auf den Händen zu gehen.

Papa sagte: „Schau mal, was die können!“ Es war das Jahr fünfundvierzig, das Siegesjahr, ein Gewerbe wurde wieder erneuert, ein für die Aufrechterhaltung der menschlichen Spezies sehr wichtiges, das Feiergewerbe.

Dann brachte Papa aus der Kneipe Dobrota Radušinović, zwei Meter vierundvierzig groß, mit nach Hause. Dobrota setzte sich auf ein Stühlchen, aber er schien noch immer zu stehen. Opa fragte: „Was passiert jetzt!“ Das interessierte auch mich. Die Tanten schauten Radušinović voller Ehrfurcht an. Danach sagten sie: „Wir könnten seine sämtlichen Teile ausmessen!“ Onkel räusperte sich und sagte: „Besonders gewisse!“ Die Tanten schämten sich. Mama erklärte: „Der Apotheker, Herr Stefanović-Cupara, behauptet, das sei eine Krankheit wie jede andere! Dobrota Radušinović rechtfertigte sich: „Was kann ich da machen!“ Opa sagte zu Papa: „Du liest immer ganz spezielle Leute auf!“ Papa rechtfertigte sich: „Auch er ist ein Mensch!“ Opa fuhr fort: „Stimmt, außer daß er bloß für die Hose fünf Meter braucht, vom Hemd red’ ich gar nicht!“ Onkel sagte: „Er könnte in einer Kirche wohnen, die heute sowieso nicht zu gebrauchen sind!“ Genosse Jovo Sikira hörte von Dobrota Radušinović und kam gleich. Dann befahl er: „Du hast auf der Parade Hammer und Sichel zu tragen, als Symbol für alles Große!“ Wir sagten: „Das geht!“ Jovo Sikira erklärte: „Heut, wo wir sogar den Olm in den Adelsberger Grotten befreit ham, müssen wir der ganzen Welt zeigen, was für Unnormalitäten wir ham!“ Wir stimmten alle zu. Papa stieg auf den Tisch und verkündete: „Keiner kann wie wir!“ Mama erklärte: „Er war Sokolführer, zusammen mit ein paar Tschechen!“ Dann sagte sie: „Wenn Sie wüßten, wie es vor dem Krieg war, auf den Teegesellschaften der Handelsjugend mit Tombola!“ Jovo Sikira sagte: „Wer fragt dich nach vor dem Krieg!“ Wir begannen die Eroberung der deutschen Städte, der längst eroberten, sowie den Untergang des japanischen Kaiserreiches, des sehr weit von uns entfernten, zu feiern. Wir feierten das Jahr fünfundvierzig, ein unmögliches, ungeachtet der vielen Unglücksfälle, sowohl der momentanen als auch der gewesenen, historischen. Mama stimmte zu: „Übrigens, wenn ich jeden betrauern müßte, würde ich nur weinen!“ Papa schrie: „Es lebe meine überkluge Frau!“ Danach fingen wir alle an, Gläser zu zerschlagen, sogar die billigsten. Mama sagte: „Wer wird bloß das ganze Glas aufsammeln!“ Hauptmann Jovo Sikira meinte: „Besser das, als die Knochen unserer Kämpfer und Genossen aufsammeln, die, Gott sei Dank, noch immer gesund und munter sind!“ Papa sagte: „Ich denke, wir sind das fröhlichste Volk auf dem ganzen Erdball!“ Die Tanten antworteten: „Stimmt!“, und begannen gleich zu weinen, im Duett. Papa trank weiter große Mengen Alkohol ohne irgendeinen tragischen Grund. Mama tröstete sich: „Ich bin glücklich, daß er wegen der Vernichtung der lausigen Stadt Königsberg trinkt, von der ich keine Ahnung habe, und nicht wegen einem verkommenen Weibstück!“ Opa sagte: „Wenn er nur nicht lauter zusammenhangloses Zeug von sich geben würde!“ Papa versuchte tatsächlich, verschiedene Dinge zu einem Satz zu verbinden, aber das wollte ihm einfach nicht gelingen. Es war das Jahr fünfundvierzig, das Feierjahr, aber genauso das Jahr, in dem man ohne Zusammenhang daherredete, in Trance, in einem herrlichen Rausch, hervorgerufen durch das neue

Leben. Wir aßen in diesem Jahr Sandwiche unbekannten Inhalts, tranken unerlaubte Getränke und redeten sinnloses Zeug, aber das war ein Bestandteil der Feierkunst, der großen Fertigkeit, Zeit zu historischen Zwecken zu vergeuden. Die Tanten sagten: „Solange das andauert, ist alles wie in einem Traum und in den besten Liebesschlagern, ohne die wir uns umbringen würden!“ Mama fragte: „Werden die Männer im neuen Leben Schnurrbärte tragen, oder wird das verboten!“ Papa packte genau dann eine Verwandte am Hintern, und die schrie: „Jao!“ Opa sah sich erst da um und sagte: „Wo kommen die ganzen Leute her!“ Mama meinte: „Jetzt fragst du dich das, wo du sie massenhaft hereingelassen hast!“ Die Leute lärmten weiter, zerschlugen Gläser und sangen, durcheinander. All diese Leute gehörten zu uns, waren fröhlich und sehr betrunken. Mama fragte sich: „Warum muß man sich, wenn man etwas feiern will, gleich vollfressen und -saufen!“ Onkel sagte: „Frau Schwester, regen Sie sich nicht auf, so ist das Leben!“ Den Tanten traten wieder Tränen in die Augen. Jovo Sikira brüllte: „Was habt ihr schon wieder, Herrgott noch mal!“ Onkel erklärte ihm: „Man kann nicht ständig fröhlich sein, sondern nur manchmal!“ Das war die Wahrheit.

Ein unübliches Gewerbe, die Zauberei

Während des berühmten Brandes in unserem Badezimmer saßen wir sorglos im Kino „Kasina“ und schauten uns den Film „Der Zauberer von Oz“ an, voller Menschen, Tiere und in Farbe. Das Feuer löschten die Nachbarn, fluchend, ich habe mir den Film gemerkt, weil der Zauberer von einem Hund, der den Vorhang aufzieht, entdeckt wird. All das war direkt vor dem Krieg, es gelang uns, die rußige Wand im Badezimmer zu streichen, Papas Schlafanzug, den kaputtgegangenen, durch einen neu gekauften zu ersetzen, und dann kamen die Deutschen.

Während der Okkupation sagte Mama oft: „Wer soll euch alle ernähren, ich bin doch kein Zauberer!“ Mama versuchte, ohne alle Täuschungen Mittagessen zu machen, und das merkte man sofort, am faden Geschmack. Während des Krieges spielten wir viele Spiele, wie z. B. „Mensch ärgere dich nicht!“, eine Unterhaltung mit kleinen Männchen, die über ein Brett bewegt werden, aber mit dem Essen ging es viel schwerer. Opa unternahm den Versuch, Butter aus Steinkohle zu machen, nach den Anleitungen der deutschen Militärzeitschrift „Signal“. Hinterher stellte sich heraus, daß diese Anleitung ein Betrug war wie alles andere auch. Alles in allem scheiterten die meisten Künste, die wir in diesen Jahren zu vollbringen versuchten, schon von Anfang an.

Dann kamen die Reiter der Einundzwanzigsten Serbischen Division herangesprengt, darüber schreibt man heute in den Lesebüchern für die zweite Grundschulklasse, mit Bildchen, aber damals war es nicht so klar, worum es ging. Die Tanten bekamen schon von Anfang an Besuch von Vaculić, einem Offizier der Staatssicherheit, jung, mit dünnem Schnurrbart und sehr mager. Zuerst sprach er gewöhnlich über die Volksfeinde, doch dann ging er über zu Tricks mit Streichhölzern und einem halben Dinar, den er aus der Nase zog. Ich erinnerte mich an den alten Film, Vaculić begann ich zu nennen, wie er es verdiente, nämlich „Der Zauberer von der Ozna“[21].

Die Tanten bekamen Angina, im Bett lasen sie das Büchlein „Der Kommunismus, die Kindheit des Menschengeschlechts!“, Vaculić saß neben ihnen, mit Kastanien und Zahnstochern bastelte er verschiedene Figuren, Menschen wie auch Tiere. Die Tanten sagten: „Das ist wunderbar!“ Vaculić zog unentwegt irgendwelche Zettelchen aus seinen Taschen und zeigte sie den Tanten, danach führte er eine berühmte Nummer botanischer Art vor, indem er einen Apfel durchschnitt. Den Apfel nahm er feierlich, voller Ehrfurcht in die Hand, schnitt ihn quer durch, auf der Schnittfläche erschien der fünfzackige Stern, geschrieben von den Kernen, als Zeichen der Freiheit, und zwar als natürliches. Wir wunderten uns alle, Vaculić sagte: „Das ist gar nichts, der Stern ist in jedem!“ Mama fragte: „Ist das strafbar!“,

21 Abkürzung für Odeljenje za zaštitu naroda (Abteilung zum Schutz des Volkes). (A. d. Ü.)

aber keiner antwortete ihr. Mit Stern gab es noch eine Nummer. Auf einem Teller bildete Vaculić den fünfzackigen Stern aus Zahnstochern, die in der Mitte gebrochen waren. Aus der Tasche zog er eine Zitrone, eine sehr seltene Frucht, daraus träufelte er auf den Teller. Von den Tropfen, diesen kostbaren, begann sich der Stern auszudehnen und anzuschwellen, wir alle klatschten, wenn auch leise. Opa brummelte: „Der macht sie noch ganz verrückt!" Vaculić kam immer öfter, dann jeden Tag. Der Zauberer zeigte immer einen neuen Trick mit einem Gummiband oder unter Zuhilfenahme von zwei Knöpfen der Bettdecke, die sich in einen verwandeln. Vaculić fragte: „Kennt ihr eigentlich das Rätsel von dem betrogenen Hausherrn und der Äbtissin mit den vierundzwanzig Nonnen!" Opa antwortete: „Nie gehört!" Er fuhr fort: „Wenn von zweiunddreißig Flaschen mit teurem Wein der Diener acht stiehlt und die Nonnen zwölf trinken!" Mama wunderte sich: „Seit wann trinken die denn!" Später bemühte sich Vaculić, uns zu zeigen, wie man Glas ohne jeden Diamanten schneiden kann, wie man unter Wasser eine Kerze anzündet, einen Metallmörser an einem Glas aufhängt und wie man Rotwein in Weißwein verwandelt. Aber der schönste von allen Tricks bestand in der Verwandlung sämtlicher Familienmitglieder in Mohren. Hinterher hüpften wir alle durch das Haus und schauten uns im Spiegel an, nur Vaculić, ganz weiß im Gesicht, lachte und applaudierte uns. Vaculić war müde von der Suche nach dem Feind, er kam schmutzig, durchnäßt, aber fröhlich zu uns, bereit zu vielen Tricks, völlig neuen. Er schlug gleich vor, Mamas Tuch anzuzünden, das überhaupt nicht verbrennen würde, sowie ein Ei durch den Hals der Flasche zu stecken, aus der Papa trank. Mama war vorsichtig: „Das ist mein einziges Tuch und mein einziges Ei!" Danach stellte sich heraus, daß die ganze

Sache völlig ungefährlich war und doch perfekt, zauberisch und magisch! Mama gestand: „Das ist alles Teufelskunst!“ Onkel fragte: „Wo hast du das alles gelernt!“ Ich behauptete: „Aus dem Unterhaltungsblatt der Politika“, aber sie glaubten mir nicht. Im Unterhaltungsblatt gab es auch die Vermessung eines Schattens, bei der ein kleiner Lehrling größer wird als ein Herr im Zylinder. Es gab auch eine vortreffliche Art, aus einem Quadrat, zusammengesetzt aus Streichhölzern, einen Kreis zu machen, indem man selbige zerbrach. Dort gab es auch eine Anleitung, wie man durch ein Loch in einem Papier, das nicht größer als zwei Zentimeter ist, schlüpft, einzig durch Zerschneiden des Papiers in kleine Teile. Mama sagte: „Mir reicht es, daß ich mich durch dieses verdammte Leben zwänge!“ Es gab auch ein Spiel mit einer geheimnisvollen Banane, mit einer Blume, die vor allen Leuten wächst und verwelkt, und mit anderem. Was mich betrifft, so suchte ich am liebsten die Gänseliesel, die mit dem Kopf nach unten in ein Geäst gezeichnet war, aber Mama hatte sie schon vorher entdeckt und mit einem Rotstift hingeschrieben: „Da ist sie!“ Mama wollte immer jedes Rätsel als erste lösen, mit den Karten ebenso wie mit dem umgedrehten Glas und einem Dinar darunter, aber es glückte ihr einfach nicht. Vaculić versuchte uns beizubringen: „Karo acht bedeutet Geld in Aussicht und Herz Bube Absicht, Geist und Gedanken!“ Da kam Jovo Sikira und drohte: „Was faselst du da von Buben, Popen und Falschgeld!“ Mama beruhigte ihn: „Das ist doch nur ein Spiel!“, aber nicht ganz.

Dann begann Vaculić bauchzureden. Seine Stimme war ähnlich, bekannt, aber doch anders, fremd. Irgendeine Stimme erzählte eine alte Geschichte über die Liebe, aber wie von fern, so als rülpste er. Alle lachten, nur Opa sah sich um und fragte: „Wo ist er denn!“ Onkel sagte ihm: „Das muß dir doch sehr nützen, wenn du sie verhörst!" Vaculić antwortete: „Na klar!" Mit der Zeit hörte Vaculić auf, mir den halben Dinar aus der Nase zu ziehen und verlegte sich auf andere Tricks, viel nützlichere. Opa hatte sich schon früher erkundigt: „Wenn er Magier ist, warum zieht er dann keinen Hasen aus dem Ärmel, damit wir ihn gleich schlachten!" Vaculić knöpfte seinen Mantel deutscher Herkunft auf, unter dem Mantel fielen feuchte Birkenholzstücke heraus. Mama rief gleich aus: „Das ja fabelhaft!" Aus den Taschen zog er für die amerikanischen Streitkräfte bestimmte Konserven, in den Konserven befand sich Essen, wenn auch komisches, fades, wie z. B. Schweinefleisch mit Äpfeln und ähnliches. Die Hausgenossen zierten sich zu essen, was die Angehörigen der amerikanischen Streitkräfte aßen, Opa erinnerte sich an ihre großen Erfolge in der Normandie, dann sagte er: „So viele Siege bei so einer Nahrung!"

Es war im Winter dieses Jahres, an einem Abend in diesem Winter gab es eine Menge Schnee. Vaculić hüpfte pfeifend die steile, rutschige Straße hinab, unter seinem Mantel drückte er die Bücher „Über die Dorfarmut" von Lenin, „Schlüssel zum Glück" von Verbickaja sowie „Sammlung der Zauberkünste" von Juraj Dević, in der Ausgabe des St. Kugli, Zagreb, an sich. Die Bücher waren für die Tanten bestimmt, die beiden ersten Autoren waren Russen, Kampfgefährten und Freunde der Menschheit, der dritte war einer von uns, ein Professor und Zagreber, aber sehr begabt. An diesem Abend bereitete sich Vaculić darauf vor, mit den Tanten eine spezielle Nummer durchzuführen. Zuerst wollte er sagen: „Verehrte Fräuleins, ich bin überglücklich, daß ich Ihnen aus den geworfenen Karten eine schöne Zukunft herauslesen kann, obwohl man am Himmel Ihres Glücks auch so manches Wölkchen sieht!"

Die Tanten sollten antworten: „Mein Herr, Ihre Karte zeigt mir, daß ich einen sehr klugen und arbeitsamen Mann vor mir habe, der aber sein ganzes künftiges Glück und Fortkommen auf eine reiche Heirat gründet!“ Mama war dazu bestimmt zu sagen: „Ihrem näheren und engeren Bekanntenkreis gehören noch zwei andere Frauen an!“ Danach sah man, daß aus alldem nichts werden würde. Unter Vaculićs Stiefeln knirschte der Schnee, dann schoß jemand aus der Dunkelheit.

Vaculić stieg die Treppe hinauf, mit einer Hand zog er sich am Geländer hoch, die andere hielt er an den Bauch. Der Schirmmacher vom ersten Stock erkannte die Stiefel, rannte ungekämmt heraus, in der Hand hatte er einen Sonnenschirm, einen für Damen, völlig durchlöchert. Ein Hund im Parterre begann zu winseln. Es war wie in dem Film, in dem der Zauberer entdeckt wird, nur viel schrecklicher. Als sich Geschrei erhob, gingen auch wir hinaus. Vaculić hatte es irgendwie bis in den zweiten Stock geschafft, dort streckte er sich aus, matt, milde lächelnd, blutig. Die Wunden waren wirklich, echt, ganz außerhalb der Ereignisse dieser Zaubersaison. Der Bauch, aus dem er herrliche Liebes- und andere Worte gesprochen hatte, war aufgeschlitzt, offen, außer Blut war nichts darin. Das Jahr war mit vielen Kunststücken erfüllt gewesen, aber in Vaculićs Bauch waren diese Löcher, aus denen Blut strömte, getrübtes, schwarzes, ohne irgendwelche Tricks.

Wie unsere Klaviere repariert wurden

In diesem Jahr stand bei uns ein Beruf hoch im Kurs. Die Klavierstimmer waren während der Kriegsgreuel ausgesprochen rar geworden, Opa erklärte das: „Wenn es doch lauter Juden waren!" Die Tanten fügten seufzend hinzu: „Es gab aber auch Tschechen!" Das schien zu stimmen. Mama erinnerte sich an den Meister, der unser Klavier der Marke „Bösendorfer" im Jahr einundvierzig zum letzten Mal gestimmt hatte. Er hieß Jozef Novak, gebürtig aus dem lustigen Brünn. Da kam Leutnant Simo Zec und fragte: „Kennt ihr einen, der unser Klavier für die Erfordernisse einer Veranstaltung stimmen würde!" Mama sagte: „Wir erinnern uns gerade an die herrlichen Tage damals, die jetzt nur noch ein Traum sind!" Onkel sagte über Novak: „Der muß in irgendeinem Lager gelandet sein!" Ich widersprach: „Überhaupt nicht, weil ich doch mit seinem Sohn Fußball spiele, und er sitzt in einem Keller und spielt Mandoline!" Der Leutnant ging mit mir in diesen Keller, und schon von der Tür aus begann er mit Jozef Novak, dem ziemlich alten, zu schimpfen: „Spielt man jetzt etwa Mandoline, wo dort ein Klavier steht, das schon seit der Zeit des Faschismus nicht gestimmt worden ist!" Man sah sofort, daß Jozef Novak überhaupt nicht mit der Erneuerung seines Gewerbes, des Klavierstimmergewerbes, gerechnet hatte.

Der große Experte in diesem edlen, nun schon fast vergessenen Fach begann Werkzeug, Kolophoniumstücke, völlig durchsichtige, sowie ziemlich viele Lumpen, schmutzige, in sein Köfferchen, ein sehr schäbiges, zu stopfen. Als wir hinausgingen, sah eine Nachbarin mit einem Handtuch um die Stirn den Leutnant an, dann sagte sie: „Was haben die Sie zu verhaften, Herr Novak!“ Wir antworteten ihr nicht, gar nichts. In der Kommandantur setzte sich Jozef Novak schnell ans Klavier; um dieses herum versammelten sich Soldaten, einige von ihnen waren barfuß. Leutnant Zec befahl ihnen: „Marsch, auseinander!“, aber sie blieben. Jozef Novak schaute traurig auf die ramponierten Tasten des unjugoslawischen, nun ganz für unsere Zwecke eroberten Hitlerklaviers. Der Meister sagte fast unhörbar: „Ts,ts,ts,ts!“ und ähnliches. Die Soldaten stießen sich an. Dann holte Jozef Novak seine Geräte hervor und widmete sich den Saiten, den gelockerten, verschlissenen, unbrauchbaren. Aus dem Klavier drangen kümmerliche Geräusche, die Relikte des alten Ruhms dieses unvergleichlichen Instruments, einer der Soldaten flüsterte: „So könnt’ ich’s auch!“ Die Mitglieder der Befreiungsbrigade dachten, das, was sie gehört hatten, sei bereits die Musik der neuen Epoche, was sehr jämmerlich war. Die barfüßigen Soldaten hüpften von einem Bein aufs andere, schauten, was in dem großen Holzkasten von kultur- und bildungspolitischer Bedeutung vor sich ging, Meister Jozef Novak arbeitete, ohne sich umzusehen.

Irgendwie zur gleichen Zeit versammelten sich bei uns in der Küche alle um Papa, gossen ihm kaltes Wasser über den

Kopf, er saß in der Mitte, auf einem Stuhl ohne Lehne und wimmerte. Mama zeterte: „Wer weiß, was du getrunken hast, Elender!“ Leutnant Zec faßte Papa am Kinn, sanft, und sagte zu ihm: „Warum versuchst du nicht, dich zu bessern!“ Erst da verstand ich, daß in Papa etwas verstimmt war, was unbedingt in Ordnung gebracht werden mußte, nur wußte er nicht wie.

Dann fiel mir auf, daß sie Papa immer noch mit verschiedenen Forderungen drangsalierten, wie etwa: „Wechsle dein Hemd, wasch dir die Hände und sag dem Genossen Leutnant Guten Tag!“ Schließlich begriff ich, daß die große Arbeit des Stimmens, die vor allem Musikinstrumenten feindlicher Herkunft galt, auch auf das Schicksal meines Papas einwirkte, obwohl er geduldig war. Onkel mahnte dennoch: „Was wollt ihr denn von ihm, wo er es doch sein Lebtag so getrieben hat!“ Leutnant Zec behauptete: „Es gibt nichts, was man nicht ändern könnte, von Grund auf!“ Opa starrte auf seine Mütze und sagte: „Ach wirklich!“ Sie wuschen Papa trotzdem, zogen ihm Onkels Schuhe an, etwas altmodische, dann sagten sie: „Jetzt kommen uns die Meister Novak und Špiler besuchen, ein Slowene!“ Mama fragte: „Woher sollen wir das Geld für das Stimmen nehmen!“ Leutnant Zec tröstete sie: „Das ist frei!“

Als sie kamen, die großen Meister der musikalischen Umgestaltung, sah man ihnen gleich ihre Müdigkeit an, eine unmenschliche. Mama begann sich zu entschuldigen und zeigte auf unser Klavier, von dem sie das Bügeleisen und andere notwendige Dinge heruntergenommen hatte: „Es war nicht in Gebrauch aus Trauer über die Okkupation des Landes!“ Die Meister schauten sich das Klavier der Marke „Bösendorfer“, Wiener Herstellung, kurz an, dann setzten sie sich und versuchten ungeachtet des stark verstimmten Mechanismus, vierhändig das wunderschöne Lied „Na planincah sonče-ce sije“[22] zu spielen. Alle klatschten. Papa sagte seinen berühmten Satz aus der Sparte der Sokol-Künste: „Alonzafandelapatri!“ Auf Papas verwandeltem Gesicht bemerkte man ein großes Verständnis für die Arbeit des Stimmens, die unsere Klaviere betraf, aber auch uns selbst, und zwar in seelischem Sinne. Leutnant Zec war selig: „Was hab’ ich euch gesagt!“

22 Slowenisch: In den Bergen scheint die liebe Sonne. (A. d. Ü.)

Die Kinokultur im Aufbau

In diesem Winter nahmen viele Kinos ihren Betrieb wieder auf, in denen die berühmten Kriegsdramen „Ein Flugzeug kehrte nicht zurück“, „Stalingrad“, „Im Schatten des Zweifels“ liefen, lauter feine Sachen mit der Thematik verschiedener Gemetzel und zahlreicher Morde. Die Soldaten der Revolution, Schuster, ehemalige Kinderfräuleins, Verkäufer eingestellter Okkupationsblätter, Dekorateure von Schaufenstern, nun zerschlagenen, sowie Fußpflegerinnen, die plötzlich ohne Arbeit waren, sie alle standen in langen Schlangen vor der Kasse, um zumindest den letzten Platz im Parkett zu ergattern. Opa sagte: „Wenn sie wenigstens Brot verteilen würden!“ Mama antwortete ihm: „Es gibt noch etwas Wichtigeres als Brot!“ Ich wußte, daß die Kunst gemeint war, vor allem die filmische.

An der zerstörten Mauer neben dem Kino „Urania“ war noch immer ein Teil eines Plakates von vor dem Krieg zu sehen; die ganze Stadt, nun frei, wurde von dort vom Auge der Asta Nielsen, mit ganz schwarzen Rändern, betrachtet. Onkel erklärte mir: „Sie war in Wirklichkeit ein Mann, nur hat sie das verheimlicht!“ Unser Nachbar Pavle Bosustov erklärte mir: „Das ist überhaupt keine Schauspielerin, sondern durch dieses wache Auge beobachtet uns die Polizei!" Pavle Bosustov wurde den Verdacht nicht los, daß unser Leben in Freiheit von einem großen Auge überwacht wurde, ähnlich dem Auge der Asta Nielsen, die ein Mann war. Wer versteckten Schmuck, verbotene Bücher aus der Vorkriegszeit hatte und diejenigen mit einem befleckten Gewissen, weil sie in der Geschichte auf der falschen Seite gewesen waren, all diese Typen versteckten sich vor ihrem Auge, das nach wie vor auf geheimnisvolle, tatsächlich etwas männliche Art von der Mauer dieser Ruine herabsah. Oskar Biberkopf, ein deutscher Kriegsgefangener und Schneider, der mir eine Hose nähte, gestand: „Das ist nichts gegen die Filme, die wir früher gesehen haben, in Berlin!" Opa fragte: „Wie denn das, wo doch Berlin bis auf die Grundmauern zerstört ist!" Biberkopf sagte: „Aber davor!" Oskar Biberkopf fädelte einen neuen Faden in die Nadel, die etwas verbogene, nahm erneut bei mir Maß für das Hosenbein, und dann gestand er: „Ich hab' zu meiner Zeit die meisten Filme in der Geschichte gesehen und sie auch noch alle in einem Heft notiert!" Die Tanten sagten: „Das muß schrecklich anstrengend gewesen sein!" Oskar erklärte: „Nein, ich war nur sehr nervös, wenn ich nicht im Kino gesessen habe!" Ich begriff, daß man zum guten Filmeschauen in einem irgendwie nervösen Zustand sein mußte, der später allein dadurch verschwand. Mama bestritt das allerdings: „Ich bin die nervöseste Frau in ganz Europa, und mir hilft das überhaupt nicht!" Wie auch immer, ich begriff, daß zwischen dem Film als menschlicher Handlung und der Nervosität der Seele ein zutiefst natürlicher Zusammenhang bestand. Oskar Biberkopf aus der Mommsenstraße in Berlin erzählte, er habe schon als Junge Heinrich George gekannt, den Darsteller der größten Räuber in der Geschichte. Dann erzählte er weiter: „Und einmal, bei einem pausenlosen Fliegeralarm hab' ich Zarah Leander auf meinem Fahrrad in ihre Luxusvilla im Grunewald gefahren!" Die Tanten waren außer sich, Onkel sagte indes nur, Zarah Leander habe sich am liebsten von einem sehr nervösen jungen Mann auf der Stange eines Damenrads fahren lassen, das demzufolge gar keine Stange habe. Oskar Biberkopf wiederholte: „Ich hab' wirklich die wichtigsten Geheimnisse der Filmkunst kennengelernt, obwohl ich immer einen Platz hinter einer Säule bekommen hab' oder vor mir der stämmigste Mann Berlins gesessen hat, mit einem Hut auf dem Kopf!" Opa bemerkte: „Wenigstens im Kino hätte dieses Tier den Hut abnehmen können!" Die Tanten schlossen: „Ein wahrer Herr nimmt seinen Hut niemals ab!" Oskar tröstete sie: „Trotzdem ist es mir gelungen, die Handlungen aus zwei ganz verschiedenen Filmen zu verknüpfen, allein durch meine Phantasie!" Mama seufzte dann auf: „Sie haben es gut!" Langsam begann ich zu begreifen, daß es neben den vielen, in der Geschichte aufgezählten Gewerben noch ein wichtiges Gewerbe gab, das des Kinozuschauers, ein sehr anstrengendes.

In diesen Tagen fielen Teilnehmer unseres großen Krieges, unseres Befreiungskrieges, in die Hauptbehörde der Stadt ein, im Büro, auf den Tischen lagen wichtige Papiere von Wert, die Frage der Zuteilung von Brot und Kohle betreffend, solche über die Erschießung der Feinde sowie ein Tintenfaß aus der Vorkriegszeit in Form einer nackten Frau, auf diesen ganzen Wust schlug der sich von seinem Sessel erhebende Offizier mit der Faust und sagte: „Damit ihr's wißt, Zucker gibt's keinen!" Der Höchste unter den Kämpfern, sehr verschwitzt, knüllte dann nur seine Mütze in den Händen und sagte: „Wir wollen bloß, daß man unsere Teilnahme an den Ereignissen anerkennt, weil wir uns in den Kriegsfilmen, die überall in der Stadt gezeigt werden, wiedererkannt haben!“

Über eine unernste Arbeit, die schulische

Opa fragte mich: „Was zum Teufel starrst du ständig in dieses Buch!“ Papa war mit ihm einig: „Besser, du gehst ein bißchen an die frische Luft!“ Onkel fügte hinzu: „Was er braucht, gibt’s nicht in den Büchern!“ Mama verjagte alle aus der Küche und schrie: „Laßt mein unschuldiges Kind unentbehrliches Wissen erwerben, sonst wird es ein Bettler wie so viele andere auch!“ Ich schaute weiter in das Lesebuch für die zweite Gymnasialklasse, bemühte mich, mir alles zu merken, was dort geschrieben stand. Später, in der Schule wiederholte ich das alles, der Lehrer war zufrieden: „Richtig!“ In der Schule bekamen wir Büchlein für Eintragungen, auf der Rückseite stand: „Wie man mit den Ohren umgeht!“ Dort war zu lesen: „In die Ohren darf man keine Gegenstände aus Draht, Holz und überhaupt nichts stecken!“, „Die Ohren sind der Spiegel der Seele!“ und ähnliches. Mir gefiel am besten der Satz: „Wenn doch etwas hineinkommt, gieße Öl hinein, und es kommt von selbst wieder heraus!“ Voja Bloša ersetzte das Wort „Ohren“ überall durch „Arsch“, das klang schon viel besser. Ich hatte auch ein anderes Handbuch, in dem Anordnungen standen: „Regarde e ekute!“ oder

„Voasi en kanif!", all das war unnötig, aber schön. Damit verstrich die Zeit in meinem persönlichen Gewerbe, dem Schüler, Schul-, Gymnasialgewerbe. Mama drohte im übrigen: „Entweder in die Schule oder ins Gewerbe!" Daraus schloß ich, daß das eine mit dem anderen zu tun hatte, daß auch die Schule ein Gewerbe war, nur ein noch viel schlimmeres. Ich war sicher, daß diese Beschäftigung schon wegen der dummen Wiederholungen ein und derselben Sache nicht ewig dauern würde, und doch zog sich diese Arbeit in die Länge.

Ich faßte Mut und verlangte: „Kauft mir ein Kurvimeter mit Griff und Rädchen, weil ich sonst nicht Kartenlesen lerne!" Mama stimmte mit mir überein: „Ich gebe auch den letzten Dinar für seine Fortbildung!" Das Kurvimeter war kaputt, es zerschnitt die Karte Europas in mehrere Teile, wie eine Schere, Opa schloß: „Ihr schmeißt bloß das Geld raus!"

Papa fragte uns: „Wißt ihr, daß es Leute gibt, die die Entfernung zwischen der Erde und dem Mond sowie die Länge der Straßenbahngleise Slavija-Kalemegdan ausrechnen können, und das im Kopf!" Opa sagte: „Wenn sie nichts anderes zu tun haben!" Papa behauptete: „All das lehrt Professor Karamata, trotz seines schrecklichen Namens!" Mama sagte: „Mir reicht es, daß ich die verdammten Preise auf dem Markt, die nicht mehr menschlich sind, zusammenrechnen kann!" Onkel mahnte: „Rechnen ist auch nicht alles!" Wir lernten das Fach „Naturkunde", anschließend ließen wir uns im Hof fotografieren, zum Andenken. Ein Pope sprach über Ereignisse in der afrikanischen Wüste und über irgendeinen Löwen.

Gleich nach dem Krieg, im Jahr fünfundvierzig, gingen wir erneut zur Schule, wenn auch etwas seltener. Die Stunden vergingen langsam, zogen sich ewig hin, in der Schule wurde nicht geheizt. Darüber hinaus stellten sich viele Dinge, die früher in den Lese- und anderen Schulbüchern gestanden hatten, als falsch, verboten heraus, die Lehrer hörten auf, sie zu erwähnen, ein für allemal. Mama fragte: „Was macht ihr denn jetzt!“ Onkel riet: „Egal, was ihr gelernt habt, nun vergeßt es schön!“ Mama sagte: „Die armen Kinder!“ Ich erklärte: „Sie diktieren uns nur etwas, und wir schreiben es in ein Heft!“ Papa empörte sich: „Wenn sie mit den alten Büchern nicht zufrieden sind, warum schreiben sie dann keine neuen!“ Mama beruhigte ihn: „Sie können doch auch nicht alles auf einmal!“ Wir waren ziemlich verwirrt, aber wir schwiegen. In der Klasse gab es auch Soldatenschüler, schon ganz erwachsene, nur daß sie nicht die notwendigen Zeugnisse hatten. Die Lehrer gingen voller Achtung um sie herum. Unser Sekretär Simo Tepčija saß in der letzten Bank, gehüllt in einen Mantel mit belgischem Wappen auf den Knöpfen. Der Sekretär Simo Tepčija saß da in seinem wohlverdienten belgischen Mantel, den er von der UNRA erhalten hatte, war großköpfig, unrasiert, und ihm war nicht nach Lernen. Der Lehrer sagte: „Ist nicht wichtig!“ Als er aus dem Kriegsdienst entlassen worden war, hatte er einen Platz in unserer Klasse, einen Mantel, einen ganz neuen, sowie ein Klappbett, ein Feldbett, bekommen. Im Flüchtlingsheim waren alle Zimmer belegt. Simo stellte sein Bett auf der Bühne eines Konferenzsaales auf, dann ließ er den Vorhang herunter. Er schlief umgeben von Kulissen für „Der Wald“, „Das Hexenhaus“, „Das Haus von Rotkäppchens Großmutter“ und andere. Früher hatten hier Veranstaltungen für taubstumme Kinder stattgefunden, nun schlief auf dieser Bühne mein Freund Simo Tepčija, Sekretär der Kommunistischen Jugend Jugoslawiens, Kämpfer in einem belgischen Mantel, der leicht roch. Er schlief schwer, schwitzte, dann wachte er auf und dachte, er sei wieder im Wald, aber in Wirklichkeit war es Pappe, von einer Kulisse, beziehungsweise ein Theater. Morgens weckten ihn die Rezitatoren, Geiger und Harmonikaspieler, sie alle waren an der Abendveranstaltung zu den Wahlen für die Volksfront beteiligt. Simo Tepčija empörte sich: „Was ist denn das!" Sie antworteten: „Majakovskij, Rezitation!"

Der Sekretär Simo Tepčija kam finster, unausgeschlafen, schweigsam zur Schule. In der Erdkundestunde schaute Simo Tepčija auf den Globus, ungläubig, danach fragte er mich: „Was, dreht die sich wirklich!" Ich antwortete: „Je nachdem!"

Wenn der Unterricht aus war, gingen die Söhne der Bourgeoisie, unsere Freunde, die in Pelze von vor dem Krieg gehüllt waren und Ohrenmützen und Handschuhe mit vielen Mustern hatten, nach Hause, im Klassenzimmer blieben ich, Simo Tepčija und Alhalel Elias zurück, bei letzterem wußte ich nie, was sein Vor- und was sein Nachname war. Er tröstete mich: „Ist nicht wichtig!" Simo Tepčija räusperte sich und begann uns zu prüfen, das war viel schwerer als die Sachen, die im Lesebuch standen. Simo Tepčija wollte dauernd, daß wir ihm auf die Frage: „Wer ist der Feind und seit wann!" antworteten. Wir wußten es nicht. Mir kam es so vor, als begänne eine andere Schule, die ich überhaupt nicht würde abschließen können, vor allem weil kein Lesebuch für so etwas vorhanden war. Mir schien, Simo Tepčija werde eine dünne Rute aus dem Ärmel seines Mantels ziehen und uns gleich Tatzen geben, tat er aber nicht. Dann sagte er: „Na gut jetzt, aber fürs nächste Mal müßt ihr mir das büffeln, sonst könnt ihr was erleben!" Danach fügte er hinzu: „Jeder soll zuerst herauskriegen, was sein Vater oder seine Mutter über all das denkt!" Elijas Alhalel antwortete: „Ich hab' niemanden!"

Tepčija sagte: „Wer redet denn mit dir!“ So begriff ich, daß diese Aufgabe nur mich und meine Eltern betraf. Wir diskutierten auch über andere Leute, die wir kannten, dann kam eine Putzfrau herein, und ich sagte schnell: „Drei mal sieben sind einundzwanzig!“ Die Putzfrau dachte, wir machten die Hausaufgaben, und ging danach weg.

In diesen Tagen begann im zweiten Stock, im Mädchenzimmer, noch eine andere Schule, eine ebenso strenge. Onkel erzählte: „Der Russe da versammelt irgendwelches Pack um sich und gibt Stunden!“ Opa fragte: „Welcher Russe denn!“ Die Tanten interessierten sich: „Was für Stunden denn!“ Zu dem ehemaligen Mathematiklehrer Pavle Bosustov kamen tatsächlich Frauen in Pelzen, junge Männer, sehr gelb im Gesicht, und viele andere. Die Tanten sagten wieder: „Das muß irgendein Kurs sein!“ Mama erinnerte sich: „Schön wär's, wenn's die Berlitz School wieder gäb', wo du französisch in fünf Minuten lernst!“ Mama fuhr fort: „Von dem Abiturientenkurs, in dem du einen unbekannten Flötisten kennenlernst, der gleich um deine Hand anhält, ganz zu schweigen!“ Im Mädchenzimmer des Pavle Bosustov wurden Gitarrenstunden gegeben, das hörte man durch die Wände, aber später hörten sie mit der Musik auf und machten bestimmt etwas ab. Ich erinnerte mich an die Aufgabe, die ich von Simo Tepčija bekommen hatte, aber es gelang mir nicht zu hören, was in der Schule einen Stock tiefer, bei dem Russen, gelernt wurde. Onkel erklärte mir: „Der bringt ihnen bei, wie sie sich beim neuen Regime einschmeicheln können!“ Mama fragte: „Wie denn das!“ Onkel sagte: „Er meint, man braucht nur jekavisch[23] zu reden, und alles ist in Ordnung!“ Aus dem

23 Variante des Serbokroatischen (A. d. Ü.)

Zimmerchen von Pavle Bosustov kamen alle auf einmal heraus, wie auf Glockenzeichen, das sprach nur dafür, daß die Schule, wenn auch geheim und unverständlich, weiterging.

Simo Tepčija begann zu uns zu kommen, in unsere Küche. Als erstes fragte er: „Wer sind die Leute, die wo auf den Treppen herumlungern!“ Opa sagte kurz: „Das Volk!“ Simo Tepčija sah all meine Mitbewohner an, mit einem Lächeln. Wir lächelten Simo Tepčija ebenfalls an, wie irgendeinen Schulaufseher, nur einen viel jüngeren. Simo Tepčija fragte meinen Opa: „Alter, wo warst du denn im Krieg!“ Opa sah ihn an, ungläubig, dann antwortete er: „Im Arsch!“ Wir wußten als einzige, daß das ziemlich genau zutraf. Simo Tepčija wurde sehr ernst, ich dachte, er werde alle im Haus auf Mais knien lassen, in der Ecke. Ich weiß nicht, weshalb das nicht geschah. Simo Tepčija wandte sich uns allen zu, strahlend: „Da seht ihr mal, wie ihr mit einem bißchen Willen die Wahrheit erfahren könnt, sogar die verborgenste.“ Opa sagte: „Wenn es die Wahrheit ist, dann ist es auch die Wahrheit, wenn du sie nicht kennst!“ Mama fragte: „Muß denn jetzt jeder sagen, was ihm wehtut und was ihn ganz persönlich betrifft!“ Simo Tepčija versicherte: „Jeder!“ Mama zeigte später ihr Kochbuch, geschrieben mit kleinen Buchstaben, und sagte: „Ich hab’ eine sehr wüste Handschrift, und dazu steht da nur etwas über Torten, die es nicht mehr gibt!“ Simo Tepčija erklärte: „Was sollen wir mit Torten, wo die Chinesen nicht mal Brot haben!“ Ich meinte, Simo Tepčija werde die Aufzeichnungen aller Familienmitglieder einsammeln, sie mit in sein Bett auf der Bühne nehmen und dort benoten, mit roter Tinte, von eins bis sechs. Ich war sicher, er werde danach ein großes Stück Papier mitbringen und uns alle der Reihe nach fünfzig Mal den schönen, kurzen Satz schreiben lassen: „Die Erste Proletarische Brigade schreitet voran!"

Das war die längste Stunde in meiner Schullaufbahn, in meiner wie auch unserer allgemeinen, familiären. Wir bekamen recht viel Lob für unsere Antworten auf verschiedene Fragen, und doch meine ich, daß einige Dinge in unseren Köpfen geblieben sind und weiterhin dort bleiben werden.

Noch ein Gewerbe, womöglich das wichtigste

Ich erinnere mich an den Tag, als sie meinen Papa in völlig benebeltem Zustand auf einer Gepäckkarre nach Hause befördert haben. Papa meinte, er sitze immer noch am Kneipentisch, alle Augenblicke bestellte er sich ein weiteres Glas, und seine beiden Freunde bemühten sich nur, ihn, ohne daß er umkippte, in den dritten Stock zu tragen. Da war dann plötzlich dieses unbekannte Geschöpf, das nicht beim Tragen half, sondern, sehr fürsorglich, von der Seite Kommandos gab: was und wie. Es sagte: „Langsam, langsam, das ist doch keine Kartoffel, sondern ein Mensch!“ Opa fragte: „Wer ist denn das!“ Die beiden antworteten: „Keine Ahnung!“ Mama seufzte: „Jeder bemüht sich, im Unglück zu helfen!“

Sie legten Papa dann auf die Ottomane, er schlief rasch ein. Die beiden sagten: „Wir gehen jetzt, wir müssen noch ein Klavier transportieren!“ Als sie gingen, blieb der unbekannte Mann da, scharwenzelte um Papa herum, der schnarchte, dann setzte er sich auf einen Stuhl. Mama fragte: „Guter Freund, wie können wir Ihnen nur danken!“ Er sagte: „Was ist das schon!“ Mir fiel sofort auf, daß dieser, der geblieben war, alles Lob einheimste, und diejenigen, die meinen Papa in einem unmöglichen Zustand in den dritten Stock geschleppt hatten, die gingen leer aus! Die Tanten tauchten mit dem Kolmajz in der Hand auf, weil sie im Nachbarzimmer gerade dabei gewesen waren, sich gegenseitig Locken zu legen. Dann erklärten sie dem unbekannten Mann: „Wir bewundern Sie!" Er antwortete: „Was für entzückende Frauen es heute doch gibt, ungeachtet des Kriegszustands!"

All das geschah tatsächlich in der schlimmen Kriegszeit, nur manchmal spielte sich so etwas ab, verrückt und fröhlich. Der Mann, der das Aussehen meiner Tanten gelobt hatte, sogar so, wie sie waren, mit unordentlichen Frisuren, fühlte sich bei uns wie zu Hause, kam uns oft besuchen und redete immer über viele Dinge, die er auf der Straße oder anderswo gesehen hatte. Es schien, als wäre er an vielem beteiligt, nur war nicht klar, wie. Weil er zu allem sehr kluge Erklärungen gab, ob dazu, warum es regnet, oder dazu, weshalb das Wasser in den Rohren rauscht. Alle hörten ihm gebannt zu. Opa fragte ihn: „Was sind Sie denn eigentlich von Beruf!" Er antwortete: „Ach, wenn Sie das wüßten!" Das riß meine Tanten noch mehr hin und in gewisser Weise auch meine Mama.

In unserem Leben spielten viele verschiedene Leute eine Rolle, alle waren sie ausgezeichnete Handwerker, Tischler, Schuster oder Uhrmacher, nur dieser, der oft in unser Haus gelaufen kam, schien keinen speziellen Beruf zu haben, außer einem gewissen, einem geheimnisvollen. Opa sagte später: „Ich glaub', er arbeitet für die Polizei!" Die Tanten widersprachen: „Der doch nicht! Mit so feinen Manieren und dieser wunderschönen Ausdrucksweise!" Auch mir fiel auf, daß sich der unbekannte Mann so klar ausdrücken konnte, als läse er aus einem Buch vor, selbst wenn er über die gewöhnlichsten Lappalien sprach. Außerdem hatte ich mir gemerkt, wie er bei dem Vorfall mit meinem Papa auf der Gepäckkarre nur pausenlos gesagt hatte, was und wie, während die anderen meinen unglücklichen, völlig benommenen Vater geschleppt hatten. Daraus ließ sich allmählich sein spezieller Beruf, beinahe ein Gewerbe, erahnen. Bei dem es genügt, daß man nur von der Seite sagt, was zu tun ist, und schleppen müssen die anderen.

In den ersten Tagen nach der Befreiung, bestätigte sich das auf einem Meeting. Unser Bekannter stieg auf die Tribüne und verkündete dem versammelten Volk: „Jetzt werde ich euch erklären, was ihr in dem neuen Leben, das plötzlich begonnen hat, machen müßt!“ Jemand aus der Menge fragte gleich: „Was denn!“ Er sagte: „Zuerst müssen wir die Trümmer wegräumen, und dann werden wir sehen!“ Onkel schrie begeistert: „Das ist doch Herr Tucaković, der ständig bei uns in der Küche herumhängt!“ So besuchte uns Herr Tucaković auch weiterhin, wenngleich etwas seltener. Er begründete, warum: „Soviel Arbeit im Komitee, im Ministerium, in der Regierung!“ Opa schloß später: „Jetzt wissen wir wenigstens, was er arbeitet und wo!“ Die Tanten sagten: „Stellt euch vor, ein Mann, der nur wunderschön gestikuliert und spricht wie im Märchen, aber soviel erreicht hat, das ist zauberhaft!“ Onkel sagte: „Als ob er ständig mit etwas hantieren würde, aber das ist in Wirklichkeit nichts, Luft!“ Dann fügte er hinzu: „Wenn er sich auf die Frauen geworfen hätte, wäre er noch viel besser dran!“ Mama antwortete: „Wenigstens bist du da Fachmann, aber was hast du davon!“ Opa stellte fest: „Ich hab’ ein ganzes Handbuch über alle möglichen Gewerbe gewälzt, aber über Leute, die nur Reden halten, hab’ ich kein Wort gefunden!“ Die Tanten schlossen: „Weil sie alles ganz unsichtbar machen, wie die Engel!“

Zur gleichen Zeit, in den ersten Tagen der Freiheit, sah ich, wie sie ein paar Menschen an der Mauer hinter dem Markt aufstellten. Diese waren sehr fein gekleidet, nur barfuß. Danach erschossen sie sie mit Maschinengewehren. Mein Freund aus der Straße erklärte mir: „Das sind die Politiker des alten Regimes!“ So begriff ich, daß dieses hochinteressante, oft geheimnisvolle Gewerbe auch seine häßlichen Seiten hat, daß es wie jedes andere voller Gefahren steckt.

Das Passantengewerbe

In unserer Familie war die Lieblingsbeschäftigung der Tanten, vom Fenster aus die Passanten zu beobachten, die auf der Straße herumliefen. Dann sagten sie: „Wenn wir nur wüßten, wo all die Leute hingehen!" Mama hielt mit dem Besen in der Hand inne, mit dem sie gerade den Fußboden fegte, dann fragte sie sich: „Vielleicht gibt es ein spezielles Gewerbe, ein Passantengewerbe!" Opa schloß: „Die anständigen Leute sitzen zu Hause, und die, die kreuz und quer durch die Straße schlendern, sind einfach Strolche!" Die Tanten widersprachen: „Soll etwa der Mann mit dem Hut, der immer vorübergeht und uns mit dem Handschuh zuwinkt, ein Lump sein!" Papa fügte hinzu: „Wenn sie wenigstens gehen würden, um irgendwo etwas zu kaufen oder einzukehren, aber nichts!" Mama sagte: „Es stimmt, daß mancher auf einem niedrigen Stühlchen sitzt und Schuhe macht, die arme Blumenfrau bindet einen Strauß, obwohl sie blind ist, und die da streunen nur herum!" Ich überlegte ebenfalls, was in diesen Leuten steckte, die lediglich an unserem Haus vorübergingen und danach um die Ecke bogen und verschwanden, als wären sie gar nicht dagewesen. Als bestünden ihre alltäglichen Pläne aus nichts anderem, als auf einer Straße vorüberzugehen und für immer zu verschwinden. Die Tanten schlossen: „Und doch wäre unser Leben ohne sie leer und schrecklich langweilig!“

Bei Kriegsbeginn wurden die Passanten in unserer Straße rar, die wenigen, die es gab, gingen schnell, als würden sie vom Wind getrieben. In ihrer Bewegung war das Wichtigste am Passantengeschäft verschwunden, bisweilen stehenzubleiben, in ein Schaufenster oder in den Himmel, irgendwohin zu blicken. Dann gab es Tage, an denen das Vorübergehen völlig verboten war, bis man aus einem Nachbarhaus eine ganze jüdische Familie auf die Straße geworfen und in einen Lastwagen gestopft hatte. Als kennzeichnete das Vorübergehen auf einer Straße das Leben selbst, aber dann wird dieses überraschend verboten und angehalten. Es gab einen Nachbarn, unbekannter Herkunft, der immer belehrende, manchmal erschreckende Sprüche von sich gab: „Auch wir selbst gehen vorüber, aber wir bemerken es überhaupt nicht!“ Opa war das keineswegs klar, vielleicht auch Papa nicht. Nur Mama, immer bereit zu einer Diskussion wissenschaftlicher Art, stimmte zu: „Sie haben recht!“

Zur Zeit des Sieges über den Faschismus marschierten auf derselben Straße, einst voller Passanten, die fröhlichen Truppen der Befreier, sowohl unsere als auch russische. Opa schloß: „Die haben wenigstens einen Grund!“ Mama genügte es nicht, die Siegesparade anzuschauen, sondern seufzte: „Wo sind jetzt die Unglücklichen, die wer weiß wo ihr Leben gelassen haben!“

Den Tanten, die mit Leib und Seele mit dem Passantengewerbe verbunden waren, verschlug es angesichts so vieler Kolonnen berühmter Krieger den Atem, hätten sie wenigstens das winzigste Blümchen gehabt, sie hätten es auf die Soldaten geworfen, aber Blumen gab es in diesem Augenblick keine. Da fand sich Kommissar Jovo Sikira ein, der sagte: „Es geht auch ohne Blumen!“ Er schwitzte stark, als er uns versicherte, was heute geschehe, sei keine vorübergehende, sondern ein beinahe ewige Sache. Onkel sagte, wenn auch ziemlich leise: „Das werden wir ja noch sehen!“ Und als der Kommissar in den Nachtdienst bei der Staatssicherheit gegangen war, schloß Onkel: „Früher oder später gehen auch die vorüber!“

Anmerkung des Autors

Obwohl die realen und fiktiven Helden dieser Erzählungen schon lange tot sind, hat das Buch wie durch ein Wunder eine lange Entwicklung durchgemacht, die vor mehr als vierzig Jahren begonnen hat. Die Geschichten sind in verschiedenen Versionen erschienen, und von Mal zu Mal haben sie etwas aus der Hosentasche verloren, doch dafür haben sie auf dem Weg neue Inhalte, Wendungen und Episoden entdeckt. Ihre besondere Wesensart haben sie allerdings behalten. Das wird vielleicht der eine oder andere Leser der ersten, im Jahre 1969 erschienenen Variation („Wie unsere Klaviere repariert wurden“) merken.

Meine verstorbene Familie, die ganz unvorsichtig ihre Rolle in der Weltrevolution gespielt hat, zeigt, daß diese noch anhält, als hätte Trockij ihr das beigebracht. Und entdeckt unentwegt immer neue Gewerbe, mit denen sie ihr eigenes Leben verflicht. Doch wenn sie könnte, würde sie sich sehr wundern, was ich aus ihnen im Laufe der Zeit gemacht habe. Weil ich mich ja selbst darüber wundere.

Januar 2011

Inhalt